CORA
De Regreso en Tierra Firme

CORA

De Regreso en Tierra Firme

JUAN IGNACIO
ZERMEÑO REMIREZ

Para realizar pedidos de este libro, contacte con:
Palibrio LLC
1663 Liberty Drive
Suite 200
Bloomington, IN 47403
Gratis desde EE. UU. al 877.407.5847
Gratis desde México al 01.800.288.2243
Gratis desde España al 900.866.949
Desde otro país al +1.812.671.9757
Fax: 01.812.355.1576
ventas@palibrio.com
424797

ÍNDICE

Para Kaia.
Aunque a ti no pueda regresar,
Tú a mí sí podrías alcanzar.

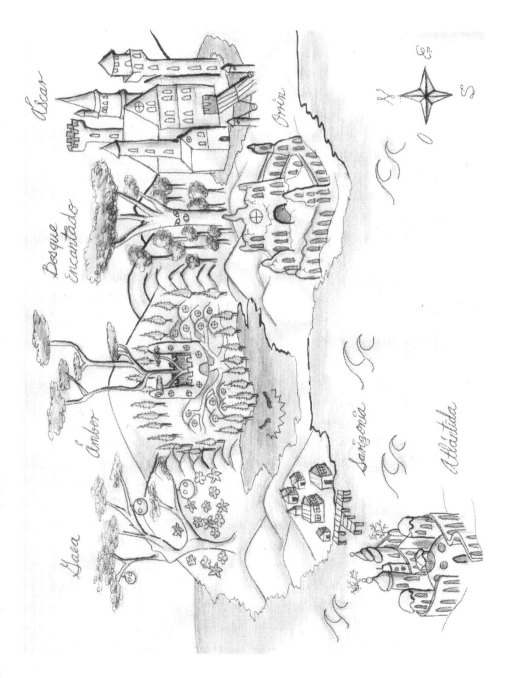

PRÓLOGO

LA PROFECÍA

Tierra, un lugar que hemos llamado así desde que tenemos memoria, ¿qué tanto conocemos de ella? ¿Qué tanto sabemos de su pasado? El mundo no siempre fue como lo concebimos ahora y nuestra historia se remonta miles de años atrás de todo conocimiento que tengamos de ella. A un lugar donde la raza humana no era la única que vivía en el planeta y que sus criaturas que la habitaban llamaban: Tierra Firme.

A miles de kilómetros hacia el Este, en una habitación fría como el hielo, una mujer radiante se encontraba recostada sobre una cama de blancos bordados. La alcoba era espaciosa y en su interior albergaba un tocador, un clóset, dos cómodas y una cama como para seis personas. Todos los muebles eran estilo barroco, con tapices color vino y toques en dorado. Era lo que se considera una habitación muy fina, incluso bonita, pero por alguna razón al entrar a ella era inevitable sentir la maldad que la habitaba. Sobre una de las cómodas, una copa con sangre espesa exhibía la mancha de unos labios que acababan de beberla. La mujer recostada en la cama vestía una piel exótica que revelaba su cuerpo bajo el tono rojizo de los pétalos de la rosa. Sólo era posible ver un brazo pálido y suave, una pierna lisa y carnosa. El pie estaba vestido con un tacón de aguja rojo y del otro extremo brotaba un mazo abundante de cabello ondulado y color intenso.

La fascinante criatura se levantó mirando hacia la puerta, se vistió con una capa roja en un solo movimiento y caminó por encima del cadáver de la anciana, que se encontraba frente a la salida. Sin percatarse de dónde estaba pisando, continuó caminando hasta la puerta de la habitación y salió dejando un pelo en su camino. Éste se quemó a los pocos segundos, dejando una mancha de hollín sobre la alfombra brocada.

En otro lado del mundo, atravesando un desierto, se encontraba la ciudad de Ámber. Ahí, dentro del hermoso Palacio Real, en el sótano secreto, un elfo de edad avanzada oraba frente al gran árbol de laurel. Tenía el pelo largo y plateado, era de tez blanca y a pesar de sus años, su rostro no aparentaba para nada su edad. Sus orejas eran puntiagudas y vestía con una túnica color esmeralda. Alrededor del tronco, una misteriosa agua luminosa encendía la habitación de un color azul intenso. Las paredes eran de piedra y habían sido construídas en forma de círculo, así protegían el ancho tronco que sumergía sus enomes raíces en el pozo central de la habitación. El árbol revelaba su edad a través de su anchura, pues llevaba varios siglos de vida en aquella ciudad. Aegnor, el elfo, estaba nervioso pues sabía que algo grande estaba ocurriendo. El agua sólo se había encendido una vez anteriormente, hacía aproximadamente 80 años, cuando el árbol estaba al descubierto, el agua se había iluminado frente a todos. Al principio la gente había pensado que se trataba de algún efecto visual, pero era el árbol el que se encendía, el árbol estaba vivo y para sorpresa de todos, había comenzado a hablar, o más bien, a profetizar.

A partir de ese momento, el acceso al pozo del gran árbol de laurel fue restringido y fue entonces que se construyó el sótano secreto, ocultando aquel oráculo que ahora, por segunda vez, volvía a iluminarse. Después de tantos años, el pozo había vuelto a la vida y Aegnor procuraba permanecer lo más sereno posible, pues sabía que el árbol estaba listo para anunciar su segunda profecía.

Miró fijamente hacia lo profundo del agua y lentamente se quitó su elegante túnica para introducirse al agua. Tomó aire y hundió la cabeza dentro del pozo, sintiendo cómo las enomes raíces del árbol lo abrazaban, lo sumergían. Inevitablemente sintió miedo, pero ya abajo, comenzó a ver imágenes que se convertían en palabras etéreas. Una sensación de paz inundó su corazón y entonces comenzó a comprender aquel lenguaje divino. El árbol le hablaba.

—Aegnor, dulce amigo, el momento ha llegado, Apolo resurgirá de los débiles y traerá de nuevo el caos a este mundo... La raza mágica se encuentra en peligro, nuestros días están contados._ La voz empapaba su cabeza.

—Ella será la clave para su triunfo o para su derrota. Su venida nos es inevitable, por lo que debemos ayudarla a cumplir su cometido... Ella terminará la maldición y traerá la paz a la Tierra. En caso de no hacerlo, Él se volverá indestructible... Aegnor, si Apolo resucita, el mundo estará perdido... esta vez para siempre—, las palabras continuaban.

—Milady, ¿cómo sabemos que ella vendrá?—, preguntó esperanzado el elfo—. Tal vez jamás llegue de Atlántida, usted sabe lo difícil que es abandonar el océano.

—La profecía se está cumpliendo—, habló la voz etérea—. Él la está llamando, ha encontrado la manera de hacerla subir.

—Milady, ¿usted sabe dónde se encuentran los vestigios de Él?—, preguntó Aegnor ansiosamente.

—No. Su locación me es desconocida. Tan sólo puedo sentir su presencia. Debemos encontrarla antes de que Él lo haga—, contestó la dulce voz.

—Tal vez debamos matarla y así asegurarnos de que el monstruo jamás la obtenga—, sugirió apenado el elfo.

—Si la matas, la maldición chupará el resto de la vida en la Tierra. Ella es nuestra única esperanza... Es tan sólo una niña Aegnor, debes protegerla, si la dejas morir, serás como Él y la esperanza estará perdida... Tráemela Aegnor, hazla venir a Ámber... tráeme a la sirena—, dijo la voz iluminando intensamente la habitación antes de apagarse y soltar al elfo para que subiera a respirar.

CAPÍTULO 1

ATLÁNTIDA

Era una hermosa mañana en el reino de Atlántida, los rayos de la luna marina habían calentado el mar, las algas se movían en un vaivén calmado y los peces brillaban con los destellos de luz rosa que emitía el astro acuático. Para Cora, era un sueño y una alegría contemplar este paisaje, pensaba que eventualmente se cansaría de ver la luna salir, pero cada mañana se quedaba anonadada al verla brotar del piso volcánico y brillar con esos tonos rosáceos que iluminaban el fondo del océano; excepto, claro, al cielo que siempre a lo lejos se tornaba negro como la noche sin estrellas. Atlántida tenía su propio sol como el de tierra firme, pero éste era en realidad una luna rosada que surgía del piso y que, al acabar el día, volvía a meterse dentro él. Los días eran más cortos que en tierra firme, constaban de veintiún horas y el cielo era en realidad lo que a miles de kilómetros le llamaban tierra firme, es decir, tierra desconocida.

Cora llevaba tres años viviendo en este paraíso desde que había logrado encontrarlo y sabía que había valido la pena cada esfuerzo para llegar a donde ahora nadaba con singular alegría.

Los peces de Atlántida no eran como los peces de la superficie, éstos eran mucho más grandes, tenían bigotes y sus cuerpos simulaban armaduras de espejos que reflejaban cualquier color que tuvieran cerca, por lo que el mar siempre estaba iluminado con intensos colores. Nadaban lento y más bien, parecían un desfile de peces alegóricos que lo realmente eran.

Las plantas eran hermosas y coquetas. No eran como las plantas de la superficie o las algas normales, éstas tenían colores pasteles que se encendían o se tornaban ácidos según su estado de ánimo. No podían mover sus raíces, pero se meneaban en su sitio y a decir verdad, eran bastante cariñosas, sobre todo con Cora, que pasaba mucho tiempo con ellas dándoles de comer. Siempre se le enredaban para hacerle cosquillas en las escamas. No podían hablar, pero poco les faltaba de tan expresivas que llegaban a ser con tanto movimiento y espectáculo de colores.

Finalmente, el castillo era asombroso. Cora pasaba horas analizando detalladamente los acabados de la construcción, embellecida con muros aperlados que conseguían a partir de perlas gigantes y esqueletos tallados de monstruos marinos. En él vivían todos sus amigos, su verdadera familia. Una familia de tritones y sirenas que vivían la mitad de sus vidas como hombres y la otra mitad como mujeres. Todos habitaban las alcobas del palacio.

Regresando a la mañana, bueno más bien a la madrugada, Cora se apresuraba a su alcoba, ya había visto la luna brotar y si de nuevo encontraban su habitación vacía, se preocuparían y no podría evitar el regaño. No era seguro abandonar el palacio por la noche, siempre podía aparecerse un monstruo marino, el cual aventajaba sin problema a sus presas, gracias a su maravillosa capacidad de ver en la oscuridad total. Cora era necia, como siempre lo había sido y a veces no podía evitar abandonar su alcoba para mirar el amanecer. Desde pequeño siempre había sido terco, desde que era un simple humano en tierra firme, una vida que a veces recordaba con nostalgia: su amigo el árbol, la princesa, el elfo y el hada. A veces todo eso parecía un sueño, como si nunca hubiera pasado, pero una vez fue al revés, Atlántida había sido tan sólo un sueño y ahora, era una realidad.

Cora nadó con velocidad, cuidándose de no hacer ruido. Sus escamas color aguamarina se encendían al sentir los rayos de la luna, su cola era todo lo que alguna vez quiso ser, tenía una aleta dorsal que se movía de lado a lado para dirigir su rumbo. La aleta con la que agitaba el agua era una membrana color aqua con fibras que salían desde las escamas e iban hasta el extremo de la cola. Su piel conservaba el color natural, aunque ahora era mucho más pálida y su pelo café se despintaba en tonos color turquesa hacia los extremos, su larguísima cabellera casi lograba alcanzar el extremo de su cola. Tenía una cara de rasgos finos: nariz pequeña y lisa, cejas delineadas que se curveaban hacia lo alto formando una cúspide sutil, ojos profundos verde miel y una boca jugosa de labios que dejaban entrever una sonrisa perfecta. Siempre había sido de grandes caderas, pero ahora contaba con una cintura mucho más pequeña de lo que recordaba. El resto de su cuerpo era esbelto, definido y recubierto por una piel suave y tersa.

Estaba a punto de llegar a su ventana, confiada en que aún nadie se había levantado, cuando de pronto vio a alguien salir de la misma. Cora no pudo evitar asustarse, estuvo a punto de gritar y despertar a todos en el palacio.

—Linda, te he dicho que no te salgas en la noche, ¡y menos sin mí! Siempre andas quedándote la diversión para ti misma—, dijo Alexa.

—¡Alexa! Me espantaste de nuevo—, le reclamó Cora, dándole un fuerte manotazo en el brazo—. Sólo fui a ver el amanecer, eso es todo.

—Bueno, anda, métete antes de que nos vean—, le dijo Alexa sobándose el brazo.

Alexa era una sirena muy bella, tenía una brillante cola amarilla mezclada con tonos naranjas y rojizos; su cabello era muy rubio, casi blanco en lo extremos; su piel, como la de todas las sirenas, era suave y pálida y unos ojos color miel iluminaban su rostro.

Cora tomó a Alexa de la mano y nadó hacia la alcoba. Le alegraba mucho verla, aunque no sabía por qué, había algo en ella que le resultaba familiar. Desde que llegó a Atlántida, Alexa la había cuidado y la había hecho sentir cómoda y segura. Cora jamás le había contado a nadie de su provenir, ni a ella, pero tampoco les había interesado, sólo sabían que una sirena más se había integrado a la familia.

Esa noche habría un baile en el palacio, por fin el baile donde Cora conocería a su pareja. Como se acostumbraba en Atlántida, cada año, en la misma fecha, se celebraba un baile donde docenas de tritones y sirenas se conocían y elegían una pareja para el resto de sus vidas. Este año le tocaba a Cora hacerlo, pues había alcanzado la edad propicia para el matrimonio marino: los 18 años; con ellos también había llegado la primera vez que cambiaría de sexo de acuerdo a la luna llena.

Alexa le adornó el cabello con estrellas y flores. Le prestó también una tiara que ella había hecho de perlas y se la colocó en la cabeza estirándole el pelo.

—Te ves hermosa—, le dijo Alexa sonriendo.

Era verdad. Cora se miró al espejo y al ver su peinado con la tiara se sonrojó. Su cara lucía limpia y dejaba ver los rasgos finos que tenía.

—Alexa, no puedo tomar tu corona, la hiciste para ti, para el día en que tú también vayas al baile—, le dijo Cora apenada.

Alexa sonrió por un instante mientras vislumbraba viejos recuerdos. Sin embargo, sólo un instante le duró la sonrisa, antes de que amargos eventos se posaran en su memoria. La razón por la que no había asistido al baile el año pasado no había sido la enfermedad como imaginaba Cora, sino algo mucho más serio.

—Linda, hay algo que nunca te he dicho... No me enfermé el año pasado.

Cora la miró confundida.

—La razón por la que no deseo ir al baile es porque no quiero conocer a nadie más.

Cora abrió los ojos sorprendida, ¿acaso estaba diciendo lo que creía? Alexa suspiró y miró por la ventana hacia el oscuro cielo antes de continuar.

—Estuve muy enamorada una vez, tan enamorada que ni la noche, ni la luna han logrado arrancarme su recuerdo.

La puerta se abrió, era Telxinoe, el apuesto padre adoptivo de Cora. Alexa sonrió y tomó a Cora por los hombros.

—¡Ya estamos listas!—, dijo entusiasmada.

—Les juro que cada vez que las veo en la mañana vuelvo a sentir paz. Nunca sé si se habrán vuelto a escapar y les ha ocurrido un accidente—, dijo Telxinoe aliviado.

—Es que usted exagera—, le dijo Alexa mientras lo codeaba, esperando que riera, pero Telxinoe no hizo nada. Fue entonces que su hija rió nerviosamente.

Cora estaba confundida, quería saber más sobre la historia de Alexa, quería que la acompañara al baile.

Mientras salían de la habitación, Cora volteó por un segundo a ver su padre adoptivo para disculparse por el tonto humor de su amiga, pero cuando buscó a Alexa para tomarla de la mano, ésta había desaparecido. Lo había vuelto a hacer, Alexa no se presentaría al baile.

CAPÍTULO 2

TIERRA FIRME

Cora pensaba que la arquitectura de Atlántida era magnífica, pero nada comparado con lo que vio por primera vez al entrar por las puertas del salón real. Las paredes eran de hueso delicadamente tallado, que representaba figuras de sirenas angelicales tan detalladas que era posible apreciar los finos cabellos, los largos dedos y cada una de las escamas de sus hermosas colas. Había caballos de mar labrados en repetición creando franjas que sobresalían. Las columnas eran de grecas antiguas, con joyas marinas, minerales escarbados de la tierra y cuarzos en todos sus colores. Al centro del salón, a una altura de veinticinco metros, colgaba un gigante candelabro de cuarzos rosas, los cuales caían en forma de medusa. En él habían enredado plantas luminosas que, junto con los cristales, lograban iluminar todo el salón con una luz que migraba del rosa intenso al tenue rosa pastel a cada instante. Las mesas se encontraban pegadas a las paredes circulares del recinto. Estaban hechas de troncos marinos y forradas con manteles tejidos de algas color aqua. Al centro de cada mesa había una pecera con una medusa dotada con las propiedades de la bioluminiscencia, que proporcionaba una luz tenue a los comensales. Los platos eran circulares y artesanales. Cada uno había sido tallado a partir de una escama de la armadura de los peces espejo; era un trabajo de grecas y flores marinas.

La comida era espectacular, deliciosos manjares de peces y plantas, todo en exceso. De bebida tenían ese líquido espeso, color oro, que sacaban de la tierra volcánica y guardaban en las botellas que se hundían en los naufragios. A Cora le recordaba un poco al vino blanco de tierra firme, aunque definitivamente era mejor. El cuerpo espeso de la bebida siempre permanecía en su boca unos instantes, dándole toques eléctricos en la lengua y posteriormente, una sensación de calidez al tragarlo, inundaba su garganta. La embriagaba un poco, pero nunca se había sentido más extasiada; sencillamente era exquisito. Pero eso no era todo, el motivo por el que estaban todos reunidos yacía al centro del salón, la pista de baile. La tarima estaba hecha con escamas de peces gigantes, todo el piso era un espejo que reflejaba la luz del candelabro.

En la pista nadaban, al sonar de la música, un centenar de tritones y sirenas. Todos daban vueltas y agitaban sutilmente sus largas cabelleras; movían los brazos, tocándose las colas en un movimiento erótico y delicado, para después regresar a tocarse la cabeza y peinar sus cabellos al mismo tiempo en que meneaban las caderas. Todo era un gran espectáculo, la música provenía de grandes conchas que soplaban los tritones y del maravilloso coro de sirenas, con las voces más hermosas y angelicales que jamás se habían escuchado. Al mismo tiempo, otros tritones tocaban algunas cuerdas atadas a un esqueleto, creando hermosas notas musicales. Todo esto con una armonía insuperable que provocaba a Cora la necesidad de bailar sin cesar. Entonces su padre, Telxinoe, se acercó a ella con esa cara de bonachón que siempre tenía,

—Cora—, le dijo— tu voz es el regalo más hermoso que puedes tener. No existe otra criatura con una melodía tan hermosa como nuestra propia raza querida hija. Úsala siempre que la necesites o que alguien más la necesite, pues el canto de una sirena es tan mágico que puede guiar a un alma en pena hacia la luz.

Cora sonrió y pensó que debía tener razón, si esto no era la luz, no podía pensar cuál sería un paraíso mejor.

—Pero debes tener cuidado—, continuó Telxinoe—. Así como puede crear, puede destruir y, ahora que has cumplido la mayoría de edad, es tu responsabilidad hacer un uso responsable de tu canto.

Telxinoe le sonrió a su hija adoptiva, mientras ella se preguntaba exactamente a qué se refería. Sin embargo, Cora no averiguó más porque no quería iniciar una conversación en ese momento, sólo quería bailar y encontrar su destino. ¡Estaba tan emocionada!

Realmente el baile era un gran ritual de coqueteo entre criaturas místicas y gloriosas, algo mágico. Sin embargo, cuando todo era perfecto, cuando era evidente que ese paraíso era el lugar indicado para Cora, ésta se detuvo. En tan sólo un instante y sin explicación aparente su cara se había trastornado, la alegría había abandonado su rostro, tenía la mirada perdida y su cuerpo estaba tan tenso que, sin darse cuenta, quebró la copa que tenía en la mano. Lo vidrios se le encajaron, haciéndole mucho daño. Fue entonces cuando paró la música y todos la rodearon asustados.

Cora sentía que el mundo se moría, un terrible dolor recorría sus huesos. De pronto, comenzó a retorcerse como si un demonio la hubiera poseído. Algunas sirenas intentaron sujetarla, pero las contorsiones eran tan brutales que salían proyectadas hacia las paredes. Más que extrañeza, lo que Cora sentía era pavor a lo desconocido. Intentó gritar, pero nada salía de su boca, su lengua se encogía y sus dedos se enroscaban sin control. Fue en ese momento cuando el escándalo del salón se apagó por completo y Cora sólo pudo escuchar los gritos de su lejana amiga Kaia.

Todo se movía en cámara lenta. Sin entender lo que ocurría a su alrededor, Cora buscó a Kaia en el salón por unos instantes, sin embargo, pronto abandonó su pesquisa. Era imposible que fuera la voz de su amiga, ¡Kaia no podía estar en Atlántida! Le tomó unos instantes comprender que el dolor que sentía era el dolor que le infligían a su querida amiga en tierra firme. Durante esos terribles instantes la invadió una desesperación incontrolable, pero de pronto todo paró. De nuevo escuchaba a las sirenas gritar y cómo se iban rompiendo los objetos del hermoso salón de baile en medio del caos provocado por ella. Aunque por un breve momento, creyó en la posibilidad de encontrar pareja y vivir sin problemas en ese mundo perfecto que llenaba sus entrañas de una alegría indescriptible, Cora sabía que se había engañado. Ahora su deber era rescatar a su amiga hada, tal como ella lo había salvado en el pasado. Ya regresaría a Atlántida de alguna forma, el único problema ahora era, ¿cómo iba a regresar a tierra firme?

Cora se apresuró a salir. Se sentía asustada. La tiara de Alexa se había roto. Un par de lágrimas, inútiles bajo el agua, se asomaban en sus ojos. Nadó lejos del palacio, sin mirar detrás.

—¡Cora! ¡Cora, espera!—, le gritó alguien que la alcanzaba.

Cora estaba muy avergonzada. Alexa la tomó por la mano y la miró a la cara. Sin decir una palabra la abrazó fuertemente, entonces Cora ya no pudo ocultar el llanto que venía acompañado de pequeños alaridos incontenibles. Así estuvo un par de minutos hasta que pudo esbozar palabra.

—Lo siento tanto, lo arruiné todo. Kaia está siendo torturada mientras yo estoy aquí. Debí quedarme allá, en tierra firme, y ayudarla—. El llanto volvió y Cora sólo logró hablar entre balbuceos—, ¡además he roto tu tiara!

La pobre sirena sollozaba sin cesar, aunque bajo el agua no se distinguiera. Alexa fue entonces más reconfortante que nunca, incluso más que cuando llegó con hipotermia a la mismísima Atlántida.

—Linda, ¿a qué te refieres con tierra firme?—, le preguntó claramente Alexa.

Ya no podía ocultarlo más, acababa de confesarlo. Su pasado había regresado para golpearla con la realidad; era hora de contarle la verdad a Alexa. Le tomó varios minutos platicar toda su historia, Alexa no decía nada, estaba más pálida que nunca y sólo lograba asentir de vez en cuando, hasta que finalmente pudo interrumpirla.

—Cora, yo tampoco he sido completamente honesta contigo. No eres la única que ha estado allá arriba.

Cora la miraba incrédula y ahora conectaba los puntos, acaso podía ser que la razón por la que no asistiera al baile fuera porque...

—El hombre de mis sueños es en realidad un marinero, un humano que conocí en la superficie—, dijo Alexa haciendo que Cora abriera los ojos con incredulidad.

Abrió la boca sorprendida para preguntarle algo, pero no estaba segura de qué. ¿Qué significaba esto? ¿Cómo había logrado Alexa atravesar aquel cielo oscuro hasta llegar a tierra firme? Era absolutamente imposible, la única razón por la que Cora había logrado llegar a Atlántida era por una corriente que había sumido su pequeño cuerpo a través del océano mientras ella permanecía inconsciente, aunque viva, a pesar de la hipotermia causada por las drásticas temperaturas. La corriente la había sumergido afortunadamente directo a Atlántida, pero de regreso no funcionaba igual, las corrientes iban hacia abajo, no hacia arriba, por lo que era imposible subir. Así que, ¿cómo había Alexa logrado conocer tierra firme?

—Ámber—, escuchó Cora en su oído.

—¿Dijiste Ámber?—, preguntó Cora a Alexa sorprendida.

—Pero, ¿de qué estás hablando? Bueno, no importa, si lo que me dices es verdad no hay tiempo que perder, tendremos que arriesgarnos e irnos ya. No habrá despedidas, si saben lo que tramamos jamás nos dejarán hacerlo—, dijo Alexa.

Cora ahora estaba más confundida que antes. Creyó haber escuchado a alguien decir Ámber, pero no había sido Alexa y nadie en Átlántida sabía lo que era Ámber, a excepción de ella, claro. En fin, no era momento de pensar en eso, sentía una adrenalina que no lograba calmar; sin embargo, se entristecía al pensar en Telxinoe. Dejarlo le pesaba, pero Alexa tenía razón, debían marcharse mientras podían.

—Vamos, llévame a tierra firme—, le contestó Cora.

Alexa dirigió el camino, con gran velocidad se adentraba en la maleza, alejándose de la luz del amanecer. Pronto se encontraron traspasando los límites de la aldea hacia lo prohibido del océano. Entre más se alejaban de la luna, les era más difícil ver la luz rosada que iluminaba el paraíso, ya no tan hermoso como alguna vez lo percibió Cora. Las dos amigas siguieron nadando durante un rato hasta que vieron un pequeño destello de luz a lo lejos que brotaba del suelo. Al acercarse, Cora notó que eran burbujas brillantes que el mismo suelo volcánico escupía sin piedad.

—Es aquí donde ocurrió. Un día, mientras recolectaba perlas alejada del palacio, las mismas que usaste en la tiara esta noche, encontré estas burbujas. Hipnotizada por su belleza me dejé envolver en ellas, no sabía lo que ocurriría después, pero las había subestimado por completo. En tan sólo un instante una de ellas me atrapó entre sus paredes y por más que luchaba era imposible escapar. Con horror me di cuenta de que la burbuja me llevaba a lo desconocido, a la obscuridad total; las cosas que vi me dejaron horrorizada. Creí que iba a morir, pero de pronto vi una luz y sentí esperanza. Estaba llegando a la superficie, un lugar que ni siquiera estaba segura de que existía. Cuando menos me di cuenta, estaba mirando una nueva luna, sintiendo las olas y el viento en mi cara. Fue hermoso Cora, pero lo más increíble llegó después, cuando vi en la orilla a un hombre grande y fuerte mirándome con asombro. Tenía la piel oscura, no como nosotras, y ojos color café como su pelo, su rostro era como si lo hubieran esculpido. Jamás había visto al legendario hombre de dos piernas y sin darme cuenta, caí rendida ante él, enamorada de una criatura desconocida que sentía hacia mí la misma atracción que yo. Nadé hasta él involuntariamente, me tomó en sus brazos y...

Alexa se detuvo horrorizada mientras señalaba a un gigante monstruo marino que ya había elegido a sus presas. Horrorizada, gritó con un fuerte sonar de sirena en un intento desesperado por despistar a la bestia y aunque no la frenó, por lo menos pudo confundirla un par de segundos. Era entonces o nunca, no tenían muchas opciones: quedarse y ser devoradas por el veloz monstruo o arriesgarse y tomar la siguiente burbuja. Se voltearon hacia ellas y vieron una que estaba a punto de salir; sin pensarlo dos veces, Cora tomó a Alexa del brazo y saltó dentro de la burbuja, que aún no había terminado de brotar, pero el monstruo estaba ya muy cerca. Cerraron los ojos y se abrazaron llenas de miedo, fue entonces cuando sintieron una gran fuerza que tiraba de ellas hacia el fondo de la burbuja, impidiéndoles incorporarse. Tal como lo había predicho Alexa, la oscuridad llegó pronta y el monstruo se hizo diminuto hasta desaparecer.

En el camino sintieron cómo las paredes de la burbuja se congelaban mientras chocaban con inmensas criaturas marinas que, más que asombrarlas, les provocaban un inmenso terror. Así permanecieron varios minutos, tomadas de la mano hasta que el mar comenzó a iluminarse de una luz que era bastante familiar para Cora. La burbuja tronó, liberándolas de un golpe en las olas y el viento las acarició dándoles la bienvenida a ambas. Habían llegado a tierra firme.

CAPÍTULO 3

SARIGONIA

L os ojos de Alexa brillaron llenos de emoción al ver las nubes y el sol de tierra firme, pero Cora, aunque emocionada por volver, se sentía en realidad asustada y vulnerable. Nadaron hacia la tierra y, desde la orilla, contemplaron la aldea humana que yacía en la playa; habían llegado a Sarigonia. Docenas de casas de adobe y un montón de humanos trabajando aparecieron ante sus ojos. Todo les parecía tan familiar.

Inmediatamente Cora empezó a pensar en un plan estratégico para llegar hasta Kaia; estaba tan ensimismada en sus pensamientos que no se dio cuenta de que Alexa había nadado lejos de ella.

—¿Alexa?—, preguntó girando y topándose con un barco.

De pronto sintió algo pesado en la cabeza, intentó sumergirse, pero era demasiado tarde, una enorme red la atrapaba entre sus cuerdas. Alexa, desde el otro lado, intentaba romper el tejido desesperadamente, pero no consiguió rasgarlo siquiera.

—¡Nada Alexa, no te quedes aquí!—, gritó alarmada Cora.

Alexa, indecisa de abandonarla o no, fue de pronto atrapada por dos hombres que lograron sacarla del agua y dejarla indefensa sobre la cubierta del barco, a pesar de sus intentos por nadar fuera de sus garras. En tan sólo unos instantes las dos habían sido atrapadas. No era un barco grande, de hecho era muy pequeño, como un barco de pesca, fue por eso que ninguna de las sirenas notó su presencia a tiempo.

Todo comenzó a suceder demasiado rápido: ambas estaban atrapadas y eran llevadas hacia la aldea. Las bajaron con cuidado en el muelle y las colocaron dentro de una red para poder cargarlas. A pesar de sus cuerpos esbeltos, fueron necesarios varios hombres para alzarlas. Como si fuera un espectáculo de circo, las caras curiosas se amontonaron en la avenida principal, todos querían ver a las sirenas.

Sarigonia era una aldea dedicada a la pesca, los pueblerinos eran autosuficientes y no tenían mucho contacto con otras ciudades. No parecía que les fueran a dar una bienvenida amistosa, su mentalidad retrógrada no se los permitiría. Cora era consciente de esto y no podía evitar sentir miedo ante sus captores. Las dos sirenas temblaban ante la incertidumbre, mientras hombres, mujeres y niños las miraban con ojos de desprecio y repugnancia, más como animales que como mujeres. Lucharon con vehemencia contra la red que las apresaba, pero todo fue inútil. De pronto, Alexa creyó vislumbrar entre la multitud una cara conocida: su viejo amor. Sus miradas se encontraron rápidamente y ambos permanecieron petrificados varios segundos con la mirada clavada en los ojos del otro. Prácticamente se podía sentir electricidad fluir entre sus ojos. Cora, a pesar de la angustia del momento, sintió un poco de lástima por ella, pertenecer a mundos distintos y amarse tanto, le era imposible concebirlo.

El momento había pasado, aquel hombre del pasado se había perdido nuevamente entre la multitud y a ellas las cargaban en dirección a una casa circular construida con grandes ladrillos de adobe. Al llegar comprendieron que las habían llevado a una prisión. Las arrojaron con violencia al suelo de la habitación, cerraron las únicas puertas y las abandonaron ahí, fue entonces cuando Alexa y Cora comenzaron a destruir la red con los dientes. A pesar del golpe, no había tiempo para sobreponerse, debían encontrar una salida lo antes posible. Curiosamente Alexa no mostraba el dolor o miedo que Cora transmitía, más que asustada se veía sorprendida.

—¿Crees que me haya visto, Cora? ¿Y si ya no me recuerda? ¿Si ya no siente nada por mí?

Alexa hablaba llena de nervios, sin posibilidad de contenerse. Cora la miró por unos instantes y en un impulso maternal la acarició con dulzura, asegurándole que lo que ella había visto era sin duda un hombre enamorado. Alexa sólo podía pensar en él y no en el inminente peligro que las acechaba. Cora sabía que debían encontrar una salida pronto o las dos serían víctimas de una terrible tortura que terminaría en la muerte. Ambas se abrazaban desesperanzadas hasta que oyeron un ruido que contestó a ambas sus dudas.

—¡Alexa!—, gritó una voz conocida.

Ambas miraron a su alrededor, pero no había nadie.

—¡Alexa! Aquí arriba, amor—, continuó la voz.

La cara de Alexa se encendió y cambió por completo, había dejado atrás la angustia para convertirse en una niña traviesa y contenta. Arriba de ellas podían ver un brazo moreno que salía de una ventana bastante alta. Alexa intentó saltar con su cola, pues ansiaba mucho tomar esa mano, pero únicamente consiguió lastimarse. Finalmente cedió y empezó a llorar de felicidad mirando hacia arriba.

—Te he extrañado tanto bebé. Sácame de aquí, no volveré a Atlántida, esta vez me quedaré contigo—, dijo Alexa.

La mano desapareció por unos segundos, logrando que Alexa se asustara esta vez, pero luego volvió a aparecer con una daga. La soltó y ésta cayo al lado de su cola, muy cerca de haberla cortado.

—Alexa, deben usar esta daga mientras sus colas permanezcan húmedas. Lo siento amor, pero es la única manera de salir de ésta, no te dejaran escapar esta vez, no como sirena. Deben partir su cola en dos.

—¡Qué!—, gritó Cora mientras Alexa le tapaba la boca para que no llamara la atención.

No podía ser en serio, después de todo lo que había hecho para ser una sirena, no podía ahora simplemente regresar a ser humana.

—La daga proviene del bosque encantado, las volverá humanas, es la única manera de que las dejen salir de aquí con vida. Debo irme—, dijo él desde el otro lado de la ventana y dejó de oírse su voz, dejando un incómodo y mortal silencio en aquella prisión.

Mientras tanto, en una torre oscura y sucia, se encontraban dos pequeñas hadas dentro de un capelo. Ambas estaban heridas, las paredes de vidrio tenían manchas de sangre seca y una de ellas parecía tener un ala rota, aunque en realidad ambas se encontraban en graves condiciones. En la torre estaban presentes dieciocho encapuchados, que parecían monjes y una criatura alta y esbelta. Ella también iba encapuchada, pero con una capa elegante de terciopelo rojo. Todos formaban un círculo; nadie decía nada. Se oía el sonido de la piedra seca escarchándose, encerrando en la habitación una atmósfera cadavérica.

—Todo está resultando como lo planeamos. Ya está aquí, ahora sólo falta esperar a que la conexión sea tan fuerte como para forzarla a abandonar Atlántida—, dijo la alta criatura de rojo. Su voz era siniestra y helaba la piel de Kaia al oírla.

De pronto, la criatura se quitó la capucha que le tapaba la cabeza y dejó al descubierto una cara fina de piel suave. Su pelo era tan rojo como sus labios, tenía las cejas perfectamente delineadas y una nariz respingada, sus ojos, a pesar de su hermosura, estaban llenos de odio. Era humana, pero había algo ella que hacía pensar lo contrario, quizá era su alta estatura o tal vez que era tan perfecta que todo lo terrenal en ella se esfumaba. Tan bella y tan atemorizante a la vez, era difícil creer que una criatura tan delicada podía ser tan vil. Sin embargo, mientras más se acercaba al capelo, Kaia gritaba más, torturándola casi hasta la muerte.

La mujer sonrió con una mirada traviesa, diabólica; levantó cuidadosamente el capelo y tomó a una de las pobres hadas en sus manos. La apretó hasta sacarle el aire y luego se la dio a uno de los monjes, quien la recibió con una mano descolorida y huesuda. Finalmente miró al hada que quedaba en el capelo a los ojos con una mirada helada llena de odio y maldad.

—¿Por qué tú? No lo comprendo—, dijo la hermosa mujer mientras que Kaia temblaba recargada lo más lejos posible dentro del cristal.

Podía sentir el frío de su alma maldita a través del vidrio. La pelirroja permaneció unos segundos sin moverse, hasta que el vidrio comenzó a escarcharse y ordenó:

—Es hora de comenzar la fase dos del plan. Es hora de que vayan a Ámber.

CAPÍTULO 4

LA DAGA

En la prisión de Sarigonia, Alexa tomó la daga y la dirigió hacia su cola, pero Cora la detuvo.

—Debes estar segura de hacer esto Alexa. No hay marcha atrás— le dijo angustiada.

—Linda, me parece que debo terminar la historia donde nos quedamos. Es justo que entiendas qué es lo que está pasando. El hombre que nos acaba de arrojar esta daga es el hombre del que me enamoré ese día, Evan. Sostuvimos un romance durante algún tiempo, el romance más tierno y pasional que puedas imaginarte, Cora. Pero todo termina, todo se acaba, en este caso, no fue el amor lo que se agotó; sino el tiempo. Naturalmente fuimos descubiertos un día, e ignorantes como lo son los humanos, prohibieron nuestro amor; incluso hicieron una ley para abolir las razas fantásticas en Sarigonia. Habían tomado la decisión de fusilarme. No podía permanecer más tiempo con ellos, pero tampoco querían dejarme ir. Así que Evan forjó un barril de hierro y me escondió ahí todo un día para que no me encontraran. Yo no quería regresar a Atlántida, por lo que me engañó diciéndome que el escondite era temporal, pero cuando me di cuenta ya había sido arrojada al mar adentro del barril. Al ser de hierro se hundió rápidamente y al cabo de una hora o dos, había llegado de nuevo a Atlántida. Para cuando logré descifrar cómo abrirlo, ya estaba en suelo atlántico. Les dije a todos que no recordaba donde estaba y me creyeron, después de todo no iban a creer que había conocido tierra firme. Así que aquí estamos de nuevo, tú y yo Cora, yo no puedo regresar a Atlántida, no puedo volver a perderlo, mi corazón no aguatará de nuevo partir. Es por eso que debo hacer esto, no por él, sino por mí—, dijo Alexa con luz en los ojos.

Cora estaba asombrada del resto de la historia y de la valentía de su amiga, sonrió alentadoramente y le dijo que la apoyaba en su decisión. Así que Alexa tomó firmemente la daga y se apuñaló a sí misma justo en el centro de la cola. De pronto su cara ya no mostraba el convencimiento con el que había hablado, ahora se veía asustada y pálida. Intentó mover la daga pero no pudo, el dolor era demasiado fuerte, su propio instinto no la dejaba cortarse. Miró a Cora con ojos de imploración y ésta tomó la daga. Aterrada, pero sabiendo que ya no había marcha atrás, comenzó a tirar de ella con fuerza hacia el extremo de la cola. Avanzaba lentamente, Alexa ya no podía contener los gritos. Los nervios invadieron a Cora que no estaba segura si lo que hacía iba a funcionar, pero ya era demasiado tarde. Empezó a brotar mucha sangre del cuerpo de Alexa, que instantes después cayó inconsciente. Esto facilitó la tarea de Cora, ya inmovilizada su amiga pudo cortar más rápidamente y pronto estaba la cola partida en dos, el cuarto lleno de sangre y Alexa casi muerta, mutilada. ¿Qué había hecho? La habían engañado, acababa de matar a Alexa. Aquel hombre no podía ser Evan, ¿o sí? Ese hombre fuera quien fuera, no la amaba, ¡la había asesinado! La contempló despedazada un momento y luego se arrojó hacia una esquina de la prisión mirando a la pared. No quería ver lo que había hecho, su cola estaba casi seca, pero sus manos estaban empapadas de sangre. Intentó limpiarlas en su pelo para no ver más el rojo que desgarraba sus pupilas, pero no desparecía por completo. Optó por cerrar los ojos y mecer su cuerpo repetidamente, hacer cualquier cosa que la hiciera olvidar lo que había hecho. Mientras se mecía, sintió una mano fría en el hombro, asustada volteó y con sropresa vio que era Alexa que estaba de pie. ¡Estaba viva! No sólo estaba viva, ¡estaba caminado! A pesar de verse un poco pálida, Alexa se veía serena y feliz, francamente realizada. Cora volteó a ver su propia cola, pero ya no estaba, en su lugar había dos hermosas piernas. Pero, ¿cómo era posible? Ella no había hecho el ritual, ¿o sí?

—¡Estás viva! Tuve mucho miedo, era mucha sangre la que salía, yo no estaba segura si estaba haciendo lo correcto, pero ya no podía detenerme. Lo siento tanto, discúlpame porfavor Alexa.__ Hablaba Cora rápidamente.

__No tengo nada que disculparte linda, lo lograste, jamás lo hubiera podido hacer sin ti. ¿Sabes? Nunca pensé que fuera tan difícil, hubiera muerto desangrada. Gracias linda, en serio, muchas gracias__. Le sonrió plena su amiga.

__No lo entiendo Alexa, ¿por qué tengo piernas yo también?—, le preguntó Cora alarmada.

—Tranquila linda, eso pasa cuando se secan tus escamas. Por eso era tan importante hacer el ritual mientras estuviera húmeda la cola, una vez seca jamás podrá regresar a lo que era—, le contestó Alexa.

De pronto, se escucharon pasos acercándose.

—Rápido Cora, sígueme la corriente y por lo que más quieras, no dejes que te caiga ni una gota de agua encima. ¿Me oíste?

Cora asintió con la cabeza, estaba nerviosa, completamente desnuda y dos hombres acababan de llegar a la celda.

—Míralas, engañándonos para seducirnos. ¡Bah! ¿Cómo si no supiéramos que son monstruos debajo de esas piernas? ¡Impuras!—, dijo uno de los hombres.

Alexa estaba furiosa.

—Mira cerdo, si hay alguien aquí que me tiene que rogar que lo toque eres tú, y aunque me salvaras la vida para estar contigo, ¡jamás tocaría tu sucia piel! En todo caso no puedes hacerme nada, nos hemos convertido en humanas y bien saben que la ley prohíbe que maten a los de su propia raza—, dijo Alexa caminando hacia ellos muy segura de sí misma.

Los hombres se miraron uno al otro y estallaron en carcajadas. Abrieron la puerta de la celda y uno de ellos le escupió a Alexa en las piernas. Esperaban ambos satisfechos la transformación, pero lo que recibieron a cambio fue una fuerte bofetada. El golpe retumbó en eco por la celda. Como si nada, Alexa salió caminando triunfante de la mano de Cora. Los hombres se miraron atónitos y silenciosos, mientras las ahora humanas se dirigían a la salida como si no tuvieran nada que temer esta vez. Pero Cora sí temía lo que pudiera venir, su vida dependía de un solo acto. Salieron de la prisión, afuera la multitud pedía a gritos que las quemaran, que las ahorcaran. Alexa tomó una cubeta que encontró en el suelo y se arrojó el agua que contenía encima. Todos callaron y miraron con detenimiento, esperando que algo pasara, pero no pasó nada. La sorpresa invadió sus rostros, todos sabían que al contacto con el agua las escamas de las sirenas aparecían, sin embargo, ahí estaba Alexa, empapada y sin una sola escama. Sólo Cora no lo sabía, lo que la hizo sentirse un poco tonta por no saber esas cosas, pero realmente, ¿cómo iba a saberlo? Esa gente conocía esos datos gracias a Alexa, que probablemente era la única sirena que habían visto en varias generaciones. Cora continuó pensando en esto, porque parecía distraerla de lo que en verdad estaba pasando, ahora necesitaba sentirse segura o por lo menos proyectarse de esa manera, de nada serviría mostrar su miedo al mundo. Entonces llegó Evan y tomó a Alexa de la mano.

—Estas mujeres ya no son criaturas, son humanas y nuestra ley las protege—, dijo Evan.

Nadie decía nada, querían objetar, pero no sabían qué decir. Poco a poco la gente se fue yendo, sólo quedaron los más curiosos, los más molestos, pero la transformación nunca llegó. A pesar del agua, la mujer conservaba sus piernas. Algunos preguntaron lo que había pasado y fueron a asegurarse de que la historia fuera cierta, pero todos quedaron convencidos al ver la sangre regada en la celda. Por fin se fueron todos, de pronto ya no les prestaban más atención, habían regresado a sus tareas cotidianas como si nada hubiera pasado. Algunos hombres las miraban de repente, pero con ojos distintos, ya no con desprecio, esta vez con admiración, puesto que jamás se habían avistado mujeres de raza humana tan hermosas en Sarigonia.

Evan saludó efusivamente a Cora mientras sujetaba a Alexa por la cintura, estaba emocionado. Alexa tenía razón, pensó Cora, Evan era muy atractivo. Era musculoso, alto, de cabello café obscuro y su tez morena la combinaba perfectamente con sus brillantes ojos verdes.

—Alexa, Cora dejen les presento a su salvador Antu—, dijo Evan mientras saludaba a su amigo que estaba detrás de ellas.

¿Antu? ¿Podía ser que fuera su viejo amigo el árbol?, pensó Cora.

—¡Antu! No lo puedo creer, ¡Eres tú!—, Cora abrazó efusivamente a su antiguo amigo.

Todo era tan obvio ahora, la daga del bosque encantado, ¡claro! En realidad, no era de un humano, sino de su viejo y gracioso amigo el árbol, que había logrado convertirse en uno de ellos. Cora y él se habían vuelto grandes amigos porque él anisaba convertirse en sirena y el árbol en humano. Sus convicciones los habían acercado tanto y ahora era increíble ver cómo los dos habían perseverado y habían convertido en realidad sus sueños. Así que por fortuna para Cora y Alexa, Antu vivía en Sarigonia y les había salvado la vida.

Antu era muy alto con el pelo largo y rizado. Sus ojos lo caracterizaban por sus altas cejas y ojos saltones; una mirada seria que combinaba con una larga sonrisa. Su nariz era larga y huesuda como su cuerpo y era la combinación de todos sus rasgos lo que lo hacían ver tan gracioso. Vestía con ropa muy grande para lo flaco que era, pero no le quedaba más remedio, pues su cuerpo era muy grande y francamente su sentido de la moda casi nulo.

—Baby, te veías bien de niño, pero vaaaaya que te va bien ser un pescado. Pero respóndeme una cosa, ¿acaso también querías ser albina? ¿O sólo es parte de ser sirena?—, le preguntó Antu sarcásticamente.

Típico comentario de él, pensó Cora, sólo porque él era moreno y bronceado. Aún así estaba realmente contenta de verlo y sabía que viniendo de él, acababa de recibir un cumplido.

—Cariño, deja te cubro con algo que si no te mataron los hombres, ahora lo harán las mujeres, si sabes a lo que me refiero.

Cora miró a su alrededor y se percató de cómo la veían todos los pervertidos, mientras que sus mujeres la miraban furiosas. Antu tomó un pedazo de tela blanca del piso y la tapó con cuidado, pero no había tiempo que perder, Cora tomó el trozo de tela y se lo amarró encima del cuello, sujetando la tela sobre sus pechos de forma vertical. La pasó por debajo de sus piernas y se tapó las pompas, luego pasó la tela a un extremo justo debajo de su cadera y les hizo un nudo. Finalmente tomó una cuerda que Antu llevaba como cinturón y la amarró horizontalmente justo debajo de sus pechos para darles más soporte.

—¡Oye! Mi cinturón—, protestó Antu, pero Cora parecía ahora una increíble diosa griega con el escote en la espalda y al frente hasta el ombligo al descubierto, una pierna completamente destapada y la otra ligeramente cubierta por una minifalda.

—¡Cielos! ¡Creo que ahora te están mirando más! Cariño te ves espectacular—, dijo Antu efusivamente, haciendo reír a Alexa y a Evan.

—Antu, no todas son buenas noticias, no regresé por gusto, sino por algo que sucedió— le dijo Cora con un tono preocupado.

Ella sabía que Kaia había sido una gran amiga para Antu cuando las cosas estuvieron difíciles. Kaia fue la única hada que le hizo compañía cuando los demás árboles no le dirigían la palabra. Antu había sido un árbol muy solitario y había vivido una vida muy triste, de no ser por Kaia jamás hubiera conocido la alegría y la felicidad.

—Es acerca de Kaia—, dijo Cora y observó el impacto de sus palabras en el rostro de Antu.

A pesar de siempre hacerse el gracioso, Antu era en realidad muy sensible y esta vez no sería diferente. Los definidos rasgos de su cara se tensaron y aunque continuaba sonriendo, su sonrisa era muy falsa. Sus oscuros ojos místicos se apagaron y su largo y flaco cuerpo denotaba señales de pánico, hasta su rizado y abundante pelo oscuro parecía estar nervioso.

—Alexa, Antu y yo debemos irnos—, le dijo Cora a su amiga.

—Lo sé linda, vayan, yo me quedaré aquí con Evan. Esta vez no lo perderé de vista—, contestó Alexa sarcásticamente.

Ambas amigas se miraron a los ojos sin estar seguras de si volverían a verse algún día. Se abrazaron con fuerza, con ganas de no separarse nunca. Finalmente Cora y Antu partieron melancólicamente, dejando ambos atrás una parte de su hogar. Cuando estaban lo suficientemente lejos, Cora miró hacia atrás para asegurarse de que su amiga estaba bien. La vio tranquila, junto a su gran amor, moviendo una mano de lado a lado para despedirse de su mejor amiga. Tan absorta estaba en sus pensamientos que no se percató de los carteles que estaban colgados por el pueblo, letreros que anunciaban una gran recompensa por atrapar a una sirena viva.

Meneó su mano de regreso efusivamente para despedirse y siguieron caminando en silencio, Cora sabía que dejaba atrás una amistad y un sueño. Ahora debía contarle todo lo que sabía a Antu y buscar a Kaia. Necesitaban ayuda y sabía exactamente dónde encontrarla, una voz misteriosa se lo había susurrado en Atlántida. Sin pensarlo dos veces se dirigieron al Reino de Ámber, lugar de los elfos.

CAPÍTULO 5

ÉBANO

Sobre la pradera, comiendo de un rico pastizal, se encontraba un alto caballo negro. Su pelaje era corto en el cuerpo y largo sobre las patas y se veía tan limpio y suave que brillaba como un espejo bajo el sol. El negro era tan intenso que podía vislumbrarse a un par de kilómetros. Sus facciones eran toscas y de huesos prominentes, su cuerpo musculoso y grande, sus ojos tenían el color de las obsidianas y el pelo sobre su cabeza era largo y ondulado. Un cuerno recto y negro con líneas espirales brotaba de su cabeza.

De pronto el caballo se percató de que no estaba solo, un par de extraños se acercaba a su paradero. A lo lejos había unos cuantos árboles donde esconderse, sin embargo, la curiosidad del gran animal no podría ser saciada desde ahí. Optó por acostarse sobre el largo pastizal y no hacer ruido, el pasto era lo suficientemente largo como para envolver todo su cuerpo, por lo que Cora y Antu se acercaron a él sin tener idea de su presencia.

—Antu, es aquí donde debemos separarnos. Los elfos probablemente tarden algunos días en tomar acciones y es mejor si yo nadó hasta allá. Llegaré más rápido que si los dos cruzamos Gaea a pie—, le dijo Cora.

—Cora querida, es sabido que esas aguas son peligrosas. No sé si debas nadar en ellas— le respondió Antu dudoso de la proposición.

—¡Tonterías! Vamos Antu, si he sobrevivido a monstruos marinos, créeme que un lago no me hará daño—, dijo Cora muy segura de sí misma, sin realmente saber en lo que se estaba metiendo—. Vamos Antu, vete ya que si no jamás llegarás—, le dijo en tono burlón.

—Cora, una vez más subestimas mis largas piernas—, le reprimió Antu, mientras posaba en forma ridícula y prepotente.

Cora sonrió, era difícil no querer a Antu, siempre con un detalle gracioso frente a la tragedia.

El cielo estaba vestido de azul y había cierta nostalgia en la brisa que los acariciaba. Cora no estaba segura de qué pasaría, pero de lo que sí estaba segura era de que debían ir de inmediato a Ámber. Los elfos eran muy sabios y no sólo podrían ayudarlos al rescate, sino que probablemente sabían dónde estaba Kaia. A pesar de que el rescate se basaba en una mera intuición, Antu no dudaba de Cora, aunque no lo comprendía, sabía que la conexión que Kaia y Cora compartían iba más allá de un plano físico. Nunca se lo habían querido contar, pero algo había pasado entre ellas que las había unido para siempre; eso es lo único que él sabía. Deseaba que esta vez Cora estuviera equivocada, pero aun así prefería ir a Gaea a asegurarse. Si algo le había pasado a su tierna Kaia lo sabrían de inmediato en su hogar.

Cora y Antu sentían una gran emoción por regresar a Ámber y volver a ver a sus queridos amigos, los mismos que hacía unos años habían decidido jamás abandonar: Ámber, Alysa y Elros. Aunque Antu era más discreto para demostrar sus emociones y actuaba como si no supiera lo que había allá o como si le diera lo mismo cruzar Gaea, lo cierto era que Antu llegaría a su lugar favorito en el mundo, no sólo por el reencuentro con las hadas, sino por lo divertidas que eran. Ya desde ahí podía saborear la fiesta y la gran variedad de elixires mágicos que sólo existían en Gaea. Cora se alegraba de saber que su amigo estaría contento un par de días, por lo menos unos cuantos antes de continuar su búsqueda.

—El último es un perdedor—, gritó Antu mientras corría a grandes zancadas hacia la montaña. Se veía tan gracioso corriendo, tan largo y desproporcionado, con un afro que parecía estar más apurado que él. Cora ni siquiera pudo despedirse, se quedó con la boca abierta queriendo decir algo, pero no lo hizo, en cambio sonrió y lo miró unos instantes sabiendo que Antu odiaba las despedidas.

El caballo parecía hipnotizado por la belleza de esta joven y sin dudarlo dos veces se acercó a ella. Cora permaneció un rato mirando a Antu, esperando a que acabara su broma y comenzara a caminar, pero Antu no parecía bromear, lo cual lo hacía aún más gracioso. En fin, ya caminará eventualmente, pensó ella. Viró esta vez hacia el valle de lágrimas y contempló el fascinante lago, que parecía terminar en el horizonte, bien decían que un extranjero podía confundirlo fácilmente con el mar. Era increíble ver un valle tan grande, pero también triste porque el agua de la inmensa laguna se componía de lágrimas que en el pasado vertieron los dolidos.

Cuando Cora se acercó al aparente mar, el caballo entró en pánico, sabía que no podía dejarla entrar, sabía que si la dejaba entrar la hermosa mujer moriría. Estaba casi lista para arrojarse cuando un inmenso caballo se interpuso en su camino, haciéndola saltar hacia atrás asustada. Cayó de espaldas en el pasto y desde ahí contempló al cuadrúpedo fijamente. En tan solo un instante se percató de que era caballo majestuoso, como ningún otro. Éste, satisfecho de su intervención, se pavoneó frente a ella y se sacudió el polvo, mientras la miraba fijamente a los ojos esperando ver reacción alguna, pero Cora parecía atontada, no tenía aliento para expresar su admiración. Por fin se levantó y sonriente lo miró a los ojos. El caballo, ahora apenado, quería retirar la vista, pero le era imposible, el viento había llegado y movía el cabello de la mujer celestial como la danza de las olas, era hipnotizante. Cora finalmente dejó escapar un pequeño *wow*, que detonó la transformación del hermoso animal. El pelaje del caballo se alisó hasta convertirse en una piel morena y aunque al principio su forma parecía no haber cambiado, sólo tomó unos segundos más para que mutara en un sensual y musculoso hombre. Portaba una corta falda que se abría a un costado y ésta estaba hecha de trenzas de pelo negro. Era un poco más alto que ella y de su cabeza brotaba un pelo sedoso, negro y ondulado. Los ojos eran las mismas obsidianas, pero acompañadas de unas abundantes cejas y pestañas negras. De su boca salió la voz más sexy que Cora jamás había oído jamás.

—Mi nombre es Ébano—, le dijo.

Cora no podía creer el hombre monumental que tenía enfrente, acababa de decir su nombre y ahora la veía con expectativa. Tardó en contestar, intentaba decir algo pero no lograba pensar en nada. Entre más se tardaba en hablar, más nerviosa se ponía y nada salía de su boca. Se estaba sonrojando, podía sentir la evidencia sobre sus mejillas. Finalmente una risa nerviosa se escapó de sus labios, lo cual le dio un par de segundos para poder recordar su nombre.

—Mi nombre es Cora—, dijo ella sintiéndose la mujer más tonta del mundo.

Se hubiera pegado en la cara, pero eso sólo la haría ver más torpe. Así que se quedó pasmada durante varios segundos con la mirada clavada en Ébano, tratando de calmar sus evidentes nervios. Él la miraba, sabía que estaba apenada y esto le daba seguridad para acercarse a ella sin timidez alguna.

—¿A dónde te diriges?—, preguntó él.

—En realidad me dirijo hacia Ámber—, dijo ella sin poder mirarlo.

—Ámber, suena genial, siempre he querido cruzar el mar y llegar a la gran ciudad, dicen que es la tierra protectora de la vida—, contestó él.

Cora sonrió y esta vez lo miró a los ojos, después de todo podría necesitar compañía de una criatura fuerte como aquella, pero, pensándolo bien, no era recomendable mostrarse como sirena y menos después de lo que había pasado en Sarigonia. Además, ¿a quién engañaba? Sólo la distraería, un lujo que no podía darse en ese momento.

—Debo cruzar el lago—, dijo Cora intentando deshacerse de la magnífica criatura—. Puedes venir si quieres, pero no sé cómo llegaríamos los dos allá.

—Eso no es problema, viajaremos con los piratas que rondan en estas aguas, además no podemos cruzar nadando, eso sería una locura, nos cazarían de inmediato los espíritus de lo profundo. Los piratas son viejos amigos míos, así que no es mala idea porque definitivamente no es seguro tocar el agua mar adentro—, dijo Ébano.

Cora no había pensado en estos peligros, de hecho no conocía nada de la historia del valle de las lágrimas, por lo que, aun cuando quería no hacerle caso a Ébano, sintió un miedo inexplicable que no pudo evadir. Tal vez no era seguro entrar en esas aguas, pero, ¿piratas? Aunque fueran amigos de Ébano, no sonaba tan seguro el plan. Pensó en cómo deshacerse del caballo, pero cualquiera que fuera la estrategia, no conocía estas aguas y menos el terreno. No quería llevarlo con ella, ese hombre bestia sólo la metería en problemas, sólo demoraría el rescate. Pero también sabía que si quería llegar a Ámber pronto debía llevarlo, así que accedió sin querer admitir que no era la única razón por la que deseaba su compañía.

—Esta bien Ébano, llévame con los piratas—, le dijo finalmente Cora todavía algo dudosa de su decisión.

—Debemos darnos prisa. ¡Están zarpando justo ahora! Tardarán semanas en regresar—, le respondió él alarmado.

Ébano sintió una gran emoción, no sólo había querido conocer Ámber desde siempre, sino que estaba harto de estar escondido en ese valle. Además de todo, sentía una gran inquietud por viajar con Cora, era la mujer más fascinante que había conocido. De pronto se oyeron unos silbidos a lo lejos y Cora supo que era demasiado tarde, el barco estaba zarpando. Ébano, sin siquiera pedir permiso, se agachó hasta las piernas de Cora y la cargó sobre sus hombros.

—¿Qué demonios estás hacien...?—, gritó Cora.

Pero antes de terminar la pregunta observó cómo el hombre se transformaba en bestia bajo sus piernas, lo agarró del pelo asombrada y sintió como éste crecía entre sus dedos. De pronto Cora estaba montada sobre el enorme caballo y éste comenzaba a galopar hacia una colina que se curveaba de tal forma que la punta bajaba hacia el agua haciendo una espiral en la tierra. Ébano corría a una velocidad impactante; Cora jamás había montado antes. Ella pensaba que montar sería algo agradable, pero se equivocaba, estaba aterrorizada, temía que tan sólo el gritar la desbalanceara y la hiciera caer. Tiró fuerte del pelo del caballo, tratando de frenarlo o de agarrarse, no estaba segura, pero la determinación del animal era imparable. Sintió cómo su cuerpo se entumecía en el vértigo, y observó con pavor cómo el pasto se había transformado en un mar verde por el movimiento. Miró hacia delante, puesto que el piso sólo la ponía más nerviosa, y entonces se percató de que la colina se acercaba y Ébano seguía sin bajar el ritmo, no podía ser, ¿no se le ocurriría saltar? ¿O sí? Demasiado tarde para esa pregunta, el corazón de Cora se detuvo por un instante al ver el vacío azul bajo sus piernas. No le dio tiempo de gritar, cuando ya habían aterrizado estruendosamente sobre el piso de madera del barco. Tan fuerte habían caído que Cora voló hasta unas sogas amontonadas.

—Lo siento Cora, pero no los hubiéramos alcanzado de otra forma—, dijo Ébano en su forma humana mirándola desde arriba.

Tenía una mano sobre la cabeza y se rascaba nervioso, mientras que la otra se la tendió a Cora para ayudarla a levantarse. Sin darle la mano, la hermosa mujer se levantó furiosa, ya no estaba asustada, estaba colérica. En un impulso incontrolable comenzó a golpearlo con las manos extendidas.

—¡Cómo me haces eso!—, gritó ella.

Ébano se cubría para que no le pegara en la cara, realmente casi no sentía sus golpes, pero no se lo diría, no quería hacerla hacer sentir peor. Finalmente Cora se calmó, y fue entonces que se dio cuenta de que estaba rodeada de hombres piratas, todos reían de ver lo que acababa de pasar, ahora Cora se sentía un poco apenada. Notó que Ébano seguía sobándose la cabeza y recordó de cuánto le había jalado el pelo. Ya no estaba enojada, quería disculparse con él, pero él ahora también reía y Cora aprovechó para reír con ellos, hacía días que no reía así y ahora no podía parar.

CAPÍTULO 6

DAPHNE

Hacía más de 300 años, en un bosque cercano al mar, vivía una tierna ninfa a la que le encantaba jugar con las flores y esconderse entre los árboles, en especial entre los árboles frondosos como los laureles. Daphne era protectora de la tierra y vestía con coronas de flores sobre sus cabellos y nada más, porque le gustaba sentir la naturaleza en su piel desnuda. Sus rasgos eran afilados y su cuerpo esbelto. Sus ojos eran de un dulce color ámbar, su pelo se mezclaba con finas lianas de donde nacían flores de jazmín y su piel tenía un tono lila que la hacía ver inmaculada.

Un día fue descubierta por un apuesto hombre, mientras ella jugaba a vestir y desvestir a las traviesas flores. En tan solo un instante él quedó completamente hipnotizado por su belleza y gracia. Era tal su enamoramiento que pasaba horas observándola; escondido entre la maleza la veía hablar con los animales sin entender nada de lo que decía. Pero al poco tiempo ya no sólo iba a mirarla, sino a acecharla. No podía sacársela de la cabeza; le obsesionaban su piel, su pelo, sus ojos, sus labios. Si antes pudo irse por las noches a dormir a su humilde casa, ahora le era imposible abandonar su escondite, y menos por las noches, puesto que era el momento en que podía acercarse a ella lo más posible y verla dormir. Daphne, tan inocente y dulce jamás se dio cuenta de lo que venía por ella. Jamás hubiera pensado que su libertad podría esfumarse tan fácilmente y que aquella vida perfecta en unión y armonía con el mundo cambiaría en un instante, inmovilizando su espíritu para siempre.

Apolo, el cazador, no era cualquier hombre, había sido designado por su propia raza como el hombre más bello del mundo. Sus ojos eran verdes y feroces, con cejas tupidas y largas pestañas rizadas que delineaban de negro sus ojos. De mandíbula prominente, barba tupida, nariz perfecta y labios jugosos. Su pelo consistía en delicados y abundantes rizos color café y su cuerpo era alto, varonil, peludo y fornido. Las mujeres se rendían ante él y su esposa era infinitamente hermosa, algunos decían que la belleza más exótica de tierra firme. Tenía el mundo a sus pies, una bella esposa, un cálido hogar y una constante bienvenida a donde quiera que fuera, pero eso no le fue suficiente. Apolo poseía un enorme defecto que acabaría con Daphne y sería el comienzo de la maldición, la soberbia. Jamás había probado el rechazo y ésta vez no tendría porque ser la primera vez.

El deseo combinado con la envidia es siempre una mezcla muy poderosa que desemboca en obsesión. Realmente los humanos siempre han sido envidiosos, puesto que ellos no fueron los primeros que llegaron a poblar y dominar, antes de ellos el mundo era habitado únicamente por criaturas fantásticas. Éstas entendían a los animales y a la naturaleza en formas que jamás comprenderían los humanos. Así fue como ocurrió la historia: la inocencia de Daphne corrompida por la lujuria de Apolo, quien, enloquecido por su deseo, un día se le arrojó encima mientras ella dormía. Ella lo arañó varias veces y milagrosamente logró escapar de sus sucios brazos. Daphne huyó durante días, pero la obsesión de su cazador no parecía disminuir, por el contrario, la persecución era excitante y el deseo de poseerla dominaba sus necesidades básicas. Al principio ella se dedicó a huir como podía, perseverante en que algún día él desistiría, pero estaba equivocada. Aunque ocultara su rastro, él la encontraba donde fuera, pues aquel aroma a primavera era inconfundible para él. Fue tal la desesperación de Daphne que, en un momento de angustia, recitó un hechizo que cambiaría su vida y la vida de todos para siempre.

Habían pasado exactamente treinta días de persecución y Daphne desesperada no podía resistir más, tomó unas hojas de laurel mientras corría y las metió en su boca seca. Después de masticarlas varios segundos las escupió sobre su mano, al mismo tiempo en que clavaba una espina de rosa en uno de sus dedos. Mezcló la sangre con las hojas molidas y creó un ungüento color azul. Su determinación era poderosa, sabía que debía hacerlo en ese momento o moriría en la huida. Tomó la curiosa mezcla y la untó sobre su piel herida antes de tragar el resto. El cansancio estaba a punto de paralizarla, no podía permitir que volviera a tocarle, por más que corriera, él siempre la encontraría y cada vez era más difícil escapar de sus garras.

Daphne se detuvo y recitó las siguientes palabras:

—Padre, madre, con mi sangre y tu sangre me envuelvo y te ruego que me vuelvas en carne tuya, para volverme más tuya y menos mía.

Lo repitió treinta y cinco veces antes de que Apolo llegara desesperado a taparle la boca, pero era demasiado tarde. Los pies de Daphne la habían abandonado ya, para ser reemplazados por raíces. Lentamente Daphne se convertía en un árbol, en un árbol de laurel para ser exactos. Apolo sujetaba su cuerpo por detrás e intentaba tocarla toda, pero su piel se había convertido en corteza, Daphne ya no era lo que había sido. A lo lejos atisbó una figura de color rojo intenso, con cabello de mujer tal vez, pensó ella. Fuera lo que fuera, esa figuraba la miraba transformarse, la contemplaba con detenimiento y Daphne sintió por primera vez que el acoso de los últimos días provenía también de esa figura misteriosa y no sólo de Apolo como lo creyó en un principio. De todas formas ya no tenía caso pensar en eso. Lo que la angustiaba realmente era saber quién cuidaría de su querida tierra; de pronto Daphne sintió una profunda tristeza y sus ojos se llenaron de lágrimas. Había logrado la transformación, se había convertido en un hermoso árbol con hojas de un color verde intenso y un encantador tono café. Del mismo lugar donde habían estado sus ojos, como si la lágrima hubiera permanecido, brotó una brillante gota de ámbar.

Apolo, decepcionado y con la derrota sobre sus hombros, comenzó a gritar en su desesperación. Trataba de besarla, de acariciarla, pero la aspera corteza era lo único que alcanzaba a tocar ahora. Como último intento, arrancó una rama del magnífico árbol, que llevó con él sabiendo que era lo último que podía poseer de Daphne. Como un niño con premio de consolación, caminó cabizbajo de regreso a casa, de regreso con su celosa esposa. Desapareció del bosque para siempre y Daphne encontró por fin esa paz que buscaba, no sin antes encargarse de su última tarea. Al paso de los días, brotaron de ella exactamente 369 gotas de ámbar una por día, cada una con una semilla especial. En un principio parecían semillas de flores, pues en eso germinaban, pero con el paso del tiempo pequeñas caritas se formaban en la flor, intercambiando pétalos por bracitos, piernitas e incluso alitas. Las florecitas, cuando estaban listas, soltaban sus tallos y comenzaban a volar. Daphne había dado a luz a 369 hadas que con la ayuda del agua y de la tierra habían logrado nacer. Su tristeza había logrado transformarse en un amor tan grande y tan fuerte que ahora culminaba en el milagro de la vida. El amor verdadero había engendrado a estas criaturas y es por esto que sus corazones siempre permanecerían inocentes, pues el amor maternal es el más puro de todos. Con el mismo espíritu travieso de su madre, las pequeñas jugaban en el bosque sin ser conscientes de que lo que ellas consideraban un juego era en realidad una tarea, la tarea de cuidar la naturaleza y la bondad. Siendo ellas la forma más pura e inocente en el planeta, con sus juegos lograban un balance en la tierra. Daphne había logrado traspasar su responsabilidad a sus hijas; pero eso no era todo, cada una representaba un día en la Tierra y cada una era guardiana de ese día. Sin ellas el tiempo no sería igual a como lo conocemos.

Así permanecieron las cosas varios años hasta que llegaron los elfos, que rápidamente entendieron la historia del lugar y comprendieron la fragilidad de esas criaturas tan ingenuas. Era preciso protegerlas, puesto que eran ellas quienes cuidaban de su preciado mundo. Hablaron con ellas y les hicieron saber que no era seguro ni para ellas ni para su madre que permanecieran juntas. Debían separarlas para que jamás se supiera que se encontraban conectadas con aquel árbol místico. Convencidas y ansiosas por la aventura, abandonaron el bosque para cruzar las montañas, y al llegar al mar se llevaron una gran sorpresa. Al verlo pensaron que jamás habían visto algo tan bello e infinito. Fue justamente por esa belleza que las pequeñas hadas decidieron establecerse en el bosque que se encontraba a un costado del mar, lejos de su querida madre.

Aunque la extrañaban terriblemente, su nuevo hogar era maravilloso y pronto lo volvieron mágico. Construyeron pequeñas casitas en los árboles, que parecían nidos con puertas y ventanas. Las plantas influenciadas por su magia, lograron adquirir movimiento, mientras que los animales desarrollaron destrezas únicas como la cocina y el baile. Era un paraíso con la vista más hermosa y con el susurro del aire convertido en una dulce canción. Pronto se hablaría de aquel lugar durante siglos alrededor de toda la región.

De vez en cuando éstas escapaban para ver a su madre, permanecían unos días en el árbol y cada vez que volvían traían una resina, que su madre les había obsequiado, para que siempre estuvieran contentas y sintieran mucho menos su ausencia. Su casa era ahora el lugar más sagrado del mundo. Algunos decían que era el origen de la tierra misma y fue por eso que la gente lo nombró *Gaea*, lugar de las hadas.

Los elfos sabían que ahora su deber era proteger a Daphne, era preciso que se quedaran ahí y se establecieran en ese bosque para cuidar del magnífico árbol de laurel. Así que comenzaron a construir una ciudad en aquel lugar, edificando su gran palacio alrededor del árbol para protegerlo. Era un trabajo que requeriría décadas de años, pero los elfos eran pacientes y tenían una gran visión. Daphne, a cambio de su benevolencia, les otorgó virtudes e inteligencia para que siempre reinara la paz en aquella aldea, que pronto se convirtió en ciudad. Así fue, que en honor al primer día que se encontraron los huevecillos quebrados de ámbar, decidieron llamar su tierra Ámber; ciudad que se convertiría en un poderoso reino de sabiduría y bondad.

CAPÍTULO 7

EL VALLE DE LAS LÁGRIMAS

El barco era antiguo, construido de fina madera de cedro; las velas eran color hueso con ciertas manchas que delataban su edad. La tela era semejante al lino, que también acompañaba algunas vestiduras del barco. Para entrar en los camarotes había una percudida alfombra roja que guiaba el paso; todas las ventanas de las habitaciones tenían vista al mar y estaban hechas de vidrio de varios colores. Algunas estaban hechas del fondo de botellas de vidrio, lo que permitía más privacidad para ciertos cuartos. Para subir al timón había dos escaleras semicirculares, acompañadas de barandales con criaturas marinas talladas a mano sobre la madera. Finalmente, al frente del barco había una sirena verde metálica que parecía estar hecha de bronce, ésta se parecía mucho a Cora y por lo mismo los piratas no podían dejar de contemplar su belleza. Cora por primera vez en días sentía que algo bueno podía ser tan fuerte como su angustia, Ébano no paraba de mirarla y ella lo sabía. Esto la emocionaba, pero a su vez la enojaba mucho, ¡ella no había venido hasta aquí para andar coqueteando! Frustrada, se pasaba horas mirando hacia el horizonte, como si buscara una tierra cercana, pero en realidad sólo intentaba evitar la intensa mirada de Ébano.

—Y dime Cora, ¿qué te trae por aquí?—, dijo él.

Una oleada de melancolía recorrió su cuerpo; Cora podía sentir cómo la vida de Kaia se iba extinguiendo poco a poco, como una flama que pierde su fuerza. Miró a Ébano por un segundo y después regresó su mirada al horizonte.

—Para serte honesta voy a Ámber en búsqueda de información, necesito hallar a una vieja amiga que se encuentra en peligro. Sé que la tienen presa en algún lugar y debo llegar a ella...—, un nudo en la garganta le impidió terminar la frase.

—Pero, ¿qué tiene? ¿Cómo sabes que está en peligro si ni siquiera sabes dónde está?— le preguntó Ébano confundido.

Cora lo pensó un momento antes de contestar. Como no estaba segura de si podía confiar en él, decidió no contarle toda la verdad.

—Digamos que hace mucho ella salvó mi vida—, dijo sonriendo—, pero al hacerlo, ocurrió algo que no esperábamos, quedamos unidas para siempre de una manera que no podría explicar en palabras.

Ébano la miraba confundido y Cora decidió que era todo lo que él debía saber.

—Pero eso no importa, ¿sabes?—, su mirada se llenó de nostalgia y con la voz quebrada murmuró—, ella lo hubiera hecho por mí.

—Pero no comprendo—, le dijo él con frustración—. ¿Cómo sabes que se encuentra en peligro?

Cora lo miró sonriente.

—Algunas cosas sólo se sienten—, dijo ella.

Ébano se sonrojó y acercó su mano a la de ella. Era posible sentir una tensión entre ellos. Lentamente sus cuerpos comenzaron a acercarse, atraídos por una fuerza inexplicable. ¿Por qué se sentía Cora tan magnetizada a ese hombre? Era como si intentara alejarse, pero su cuerpo no le hiciera caso; aunque a decir verdad, ya no estaba segura de si en verdad deseaba estar lejos. Ébano acercó su cara a la de Cora, ambos cerraron los ojos y ella sintió hadas en el estómago; era como si no pudiera pensar en nada y sólo pudiera sentir ese cosquilleo que comenzaba en su mano y le recorría todo el cuerpo. Le pareció una eternidad lo que tuvo que esperar para sentir sus labios.

Cora se estaba derritiendo entre los brazos del hombre-bestia, esperando con ansia, cuando escuchó una risa traviesa, era Johan, el hombre más joven de la embarcación. Rápidamente la muchacha se apartó de Ébano, y la sensibilidad y el razonamiento de su cuerpo retornaron. ¿Qué estaba haciendo? Sabía que ese hombre representaría un problema para ella. Enojada, Cora se volteó a mirar al chico, dándole la espalda a Ébano.

Johan tenía quince años y vestía con ropa sucia y holgada, algunos anillos de oro y un arete de diamantes. Era un muchacho moreno, muy simpático y apuesto. Aparentaba más edad de la que tenía, aunque siempre que reía delataba su juventud, pues no podía evitar reírse como un niño, con esa inocencia y falta de malicia características.

Los miró como si fuera su cómplice y luego se alejó saltando felizmente. Ambos rieron incómodamente y esperaron a que algo más rompiera el desagradable silencio.

—Ven, quiero mostrarte algo—, dijo Ébano emocionado mientras tomaba a Cora de la mano y la conducía hacia el mástil, aunque ella se la soltó sutilmente en cuanto volvió a sentir el extraño cosquilleo.

Ébano de inmediato comenzó a subir los peldaños del mástil y ella fue detrás de él sin dudarlo. No fue hasta que casi habían llegado a la punta que se dio cuenta de qué tan alto era el mástil; desde ahí los piratas parecían pequeños muñequitos de madera. El estómago comenzó a reprocharle la altura y Cora decidió que no volvería a ver hacia abajo.

Por fin llegaron al área del vigía; Cora temblaba, el vértigo se había apoderado de ella. Permaneció unos segundos agachada hasta que sintió una suave brisa sobre su piel, misma que la llenó de coraje para asomarse hacia afuera. Lo que vio la dejó sin aliento, de pronto yo no temblaba más; era mayor la belleza de un glorioso mar que lo que sus nervios podían ofrecerle. Miles de kilómetros de valle azul rey con un cielo rosado, naranja y amarillo. Las nubes eran como pinceladas blancas en el cielo y el sol un dios glorioso, naranja casi rojo, desbordando pasión. Pero, eso no era todo, algo se vislumbraba a lo lejos: una isla verde y tupida de árboles enormes, tan grandes que sólo cabían unos cuantos en ella.

—¡Tierra a la vista!—, gritó Ébano emocionado y Cora lo miró con empatía.

¿A dónde habrían llegado?

Mientras bajaban del mástil, la isla se volvía más grande. Sólo les tomó pocos minutos llegar a ella. Era gloriosa, estaba alumbrada por lo que parecían ser pequeñas lucecitas verdes y los árboles estaban cubiertos de un musgo que también parecía brillar. Era una isla bioluminiscente, que le hizo recordar a Cora las medusas del baile en Atlántida. Sintió un poco de nostalgia por estar lejos de casa, pero al parecer nadie compartía su sentimiento, todos en la tripulación se veían muy satisfechos consigo mismos.

Soltaron un ancla oxidada muy cerca de la orilla y comenzaron a preparar los botes. La tripulación de piratas constaba de dieciocho piratas subordinados y un capitán. Los subordinados eran de muy variadas estaturas y orígenes. Todos eran humanos, incluso el capitán Raleigh que sufría de un extraño problema de gigantismo. Éste no tenía una mano, la cual reemplazaba con una prótesis de oro con la que podía agarrar objetos a voluntad.

El capitán subió personalmente a Cora en su bote. Llevaba un magnífico sombrero con plumas de aves exóticas, portaba un saco color azul grisáceo y unas mallas color café; pero lo más impresionante eran las joyas que adornaban su vestimenta. Todos los piratas llevaban joyas por supuesto, pero no como el capitán Raleigh, por lo que era muy fácil distinguir su alto rango. Él miraba a Cora y le sonreía, no hablaba, sólo la observaba. El bote donde viajaban estaba ligeramente hundido hacia el sitio donde se había sentado el capitán, mientras que el extremo donde se encontraba Cora se levantaba por la diferencia de peso. Parecía un buen hombre, pensó ella, por lo menos había sido muy hospitalario ese día.

Llegaron a la isla y Cora se dio cuenta de que estaba repleta de luciérnagas que iluminaban todos los rincones. A pesar de que aún era de día, la luz de aquellos insectos hacía de la atmósfera un lugar mágico. Al bajar, algunos piratas fueron en búsqueda de comida, y otros instalaron un campamento en una gran explanada circular rodeada de árboles inmensos, cada uno contaba con tres metros de ancho y cien de alto aproximadamente. Al centro del campamento prendieron una fogata, y algunos piratas comenzaron a afinar sus instrumentos. Parecía que iba a haber una gran fiesta.

Cora no comprendía porque habían anclado en tan poc tiempo de haber zarpado, pero Johan le explicó que aquella isla era prácticamente un obsequio de los dioses. Toda la isla estaba repleta de provisiones exquisitas, que además no les costaban nada pues no las comerciaban. Así que no sonaba nada tonto, además de ser la última tierra que pisarían en varios días.

Con el atardecer la tripulación comenzó a tocar sus guitarras, violines, tambores y flautas. La música era electrizante y Cora no dudó en ponerse a bailar en medio de los magníficos árboles. Las luciérnagas la seguían y ella reía; toda la tripulación estaba hipnotizada. Brincaba y movía sus caderas al ritmo de las flautas. Había atado su pelo en una trenza, pero ésta dejaba caer algunos caireles que seguían sus pasos. Ébano se levantó y bailó con ella, los ojos le brillaban. Pronto el resto de la tripulación también comenzó a danzar.

Raleigh sirvió el vino que tenían almacenado, era realmente delicioso. Entre más bebía, Cora se portaba más y más seductora. Tenía enganchada la mirada de Ébano y con unas cuantas copas había perdido toda resistencia, ahora se comportaba como una felina atrayendo a su presa. Había algo en su manera de moverse, pues no era como ninguna humana que hubieran visto antes. La forma en la que la recorría un espasmo desde la cabeza, deslizándose por su cuello, expulsando sus costillas y agitando su cadera, era casi como si sus huesos fueran invertebrados y la fuerza que los movía correspondiera al Dios de la música.

Cora corrió graciosamente hasta la orilla y Ébano la persiguió jugando; ambos reían exaltados. Cuando él la alcanzó, ella gritó de emoción. Parecían dos niños jugando atrapadas. Hacía mucho tiempo Cora no se sentía tan feliz, ni siquiera en Atlántida y por un breve instante olvidó todo, sucumbiendo a la atracción que sentía por Ébano.

Ambos se sentaron sobre la hierba mirando los últimos rayos del sol. Aunque la tripulación no estaba cerca, se podía escuchar claramente la suave música. El sol ya no estaba y los colores del cielo iban desde un rosa pastel hasta un azul marino en el extremo opuesto. La estrella polar se asomaba en el cielo despejado, ni una sola nube estaba presente para cubrir su brillo.

Cora sintió el brazo de Ébano abrazarla por detrás y deseó que ese momento durara para siempre. Volteó a mirarlo y vio su cara iluminada de rojo; era hermoso. Lo siguiente era inevitable. Ahora que la iba a besar, Cora sintió que le temblaban las piernas. Ébano se le acercó lentamente y colocó sus labios sobre los de ella con ternura. La electricidad que surgió al contacto fue inesperadamente intensa, Cora no podía pensar en nada, ni tampoco él, sólo existía ese momento: la sensación de los carnosos labios que se derretían uno en el otro; el sudor, los escalofríos en la espalda y en el estómago; la temblorina de ambas pieles, la tensión de sus músculos. Ébano estaba enamorado y ella estaba aterrada. Lo sintió, estaba segura de que lo había sentido, ¿ahora qué iba a hacer? Sabía que ese chico-bestia le complicaría las cosas y ahora, para empeorarlo todo, él se había enamorado.

—Cora, si te gustó el atardecer aquí, espera a que veas la luna llena—, le dijo risueño.

Cora cambió de semblante y miró hacia donde se había metido el sol; ya no quedaba nada, pronto saldría la luna.

—¿Hoy es luna llena?—, preguntó nerviosa.

—Sí, no podrás creer lo hermosa que se ve desde aquí—, contestó él sin notar el cambio repentino.

Cora se paró de inmediato y comenzó a caminar.

—Voy al baño, no me sigas—, le dijo, Ébano asintió y siguió viendo el cielo.

Cora caminó lentamente hacia los árboles, pero, cuando estaba fuera de su vista, comenzó a correr por el bosque. Corrió tan veloz como pudo, hasta llegar a una colina rodeada de maleza. Ya se podían ver las estrellas en el cielo y desde allí vio los primeros rayos de la luna que comenzaba a salir. Ébano tenía razón, era una vista hermosa. Su primera luna llena como adulta. La luna era enorme, perfectamente redonda, e iluminaba con intensidad su tersa piel. De pronto, Cora comenzó a cambiar. Su quijada se agrandó prominentemente, igual que sus hombros y espalda se ensancharon, rebasando la amplitud de sus caderas. Era la misma, misma estatura, mismos ojos, mismo pelo, pero diferente. Era el fin de un ciclo lunar y Cora había mutado en hombre. Se miró sus toscas manos, casi no lo podía creer. Tres años antes había dejado de ser niño y ahora regresaba pero para ser un hombre, un tritón para ser exactos. Le costaría adaptarse al cambio, pero por lo menos ya sabía lo que se sentía. Recordó cómo Alexa le había contado de sirenas y tritones que entraban en pánico al cambiar de sexo por primera vez y comenzó a reír. ¡Vaya que no era fácil!

¿Qué haría ahora? ¿Por qué no había pensado en esto antes? ¡Qué tonto había sido al dejarse llevar en un barco pirata! Y más ahora que andaba tras él una criatura mitad hombre, mitad caballo. Bueno, técnicamente andaba tras Cora y él ya había dejado de ser Cora, así que no tenía por qué estresarse por eso. No podía escapar, ¡estaba en una isla! Ahora no tenía otra opción más que regresar con ellos; las aguas eran peligrosas por aquí y no debía meterse en ellas. Se sentó a idear un plan, no tenía mucho tiempo antes de que vinieran a buscarlo. Estuvo unos minutos pensando hasta que decidió que lo mejor era desparecer esa noche y regresar a la mañana en una de las canoas y con un mejor plan. Era arriesgado, pero no se le ocurría otra cosa. Se desamarró la tela blanca del cuello junto con la cuerda y la amarró en su cadera, dejando su ropaje como un taparrabos con un cinturón de cuerda. Sus masculinos pechos y su espalda quedaron al descubierto.

Caminó sigilosamente hacia el campamento, las luciérnagas aún lo seguían, provocándole angustia en vez de alegría, puesto que no debía ser visto. Llegó a las canoas y se subió en una de ellas, tomó los remos y, sin pensarlo dos veces, comenzó a remar lejos de la isla. Las luciérnagas persistieron durante un largo tramo hasta que finalmente lo abandonaron y la isla comenzó a hacerse pequeña. Todo era azul, el cielo era azul, el mar era azul y la luna blanca brillaba sobre éste. A pesar de estar solo y en un lugar que inspiraba tanta paz, no concebía sentirse tranquilo, habían pasado ya dos horas y no tenía nada de sueño. Extrañamente su angustia incrementaba, pero no fue hasta que miró hacia abajo que se percató de que no estaba solo. Había algo debajo de él, o más bien, había varias cosas debajo de él, pero sólo podía ver sombras acercándose. Estaba alarmado, no sabía qué eran, pero no le inspiraban nada bueno. Tomó los remos y decidió abortar el plan, lo que fuera que le esperaba con los piratas no se comparaba con el miedo que sentía por las criaturas que ahora lo acechaban.

Remó con mucha fuerza, pero, a pesar de que la canoa se movía con rapidez, la isla seguía estando muy alejada. No estaba seguro de si estaba alucinando, pero había algo sobre su remo que se hundía y resurgía sin dejar su posición. Pronto la canoa estaba rodeada de estos seres vaporosos que no abandonaban la canoa; él estaba aterrado. Todas lo veían con sus extrañas caras, pero no lograba distinguir lo que eran. Su única certeza era que las criaturas tenían unas expresiones diabólicas que lo aterraban. A pesar de faltarle el aliento, comenzó a gritar desesperado, eran demasiados los que lo seguían. La isla estaba cerca, pero las criaturas malévolas estaban logrando subir a la canoa. Los piratas llegaron todos a la orilla y le lanzaron una cuerda a la canoa. Él la tomó y se aferró a ella, acostándose sobre el piso de la canoa; cerró los ojos y sintió cómo la vida se le escapaba con cada exhalación. Oía gritos a lo lejos, pero ya no le quedaba mucha fuerza, sólo la necesaria para no soltar la cuerda que lo separaba entre la vida y la muerte.

—¡Cora! ¡Cora!—, gritaba alguien.

De pronto abrió los ojos, seguía en la canoa, podía ver a Johan sobre él. Estaba a salvo, estaba en tierra. Dio varias bocanadas de aire y poco a poco logró pararse, las criaturas seguían en el agua, apartadas de la isla, desde donde lo observaban juguetonas; pero eso no era lo que ahora desconcertaba a los piratas, sino que Cora no era Cora, ¿o sí?

—¿Quién eres?—, preguntó Raleigh escéptico, notando el parecido de Cora con aquel muchacho.

—Mi nombre es Corsa. Soy el hermano de Cora—, dijo él jadeando y aterrado.

CAPÍTULO 8

GAEA

Antu por fin veía la aldea de las hadas, el tonto no había parado de correr más que para recuperar el aliento un rato y luego continuar. Habían pasado tres días desde que había visto a Cora y se encontraba muy emocionado de llegar a Gaea. Era de noche, estaba cansado, pero eso jamás lo detenía, pues siempre era el último en dormir cuando de fiesta se trataba.

A pesar de sus frecuentes visitas, jamás aprendía la lección: Gaea no era un lugar habitual, no se permitían visitas comunes. Esto no se debía precisamente a una regla de las hadas, sino más bien a que las plantas se tornaban carnívoras con los desconocidos. Esto era precisamente lo que había vuelto a olvidar Antu.

Comenzó a gritar mientras un enorme tallo lo jalaba de las piernas e intentaba llevarlo hacia la flor cubierta por varias hileras de dientes. ¡No podía ser! Era la cuarta vez que le sucedía lo mismo. La planta lo jalaba con la fuerza de un caballo y Antu sabía que si las hadas se demoraban, pronto se convertiría en la cena. Luchó furioso con todas sus fuerzas por aferrarse al suelo con sus dedos, pero cada vez se acercaba más hacia la boca mortal. Al escucharlo, las hadas pensaron que sus gritos eran extraños, pues Antu era el único ser que no gritaba por miedo, sino que sus gritos eran regaños inclementes contra las plantas que querían devorarlo.

Apenas lo vieron, llegaron todas a su encuentro, o por lo menos cien de ellas, las demás estaban dormidas o no se habían dado cuenta de que Antu estaba de visita. Al ver que las hadas se emocionaban de verlo, la planta lo soltó y cambió por completo su apariencia asesina.

Antu, muy molesto por lo sucedido, se levantó todo mugroso y comenzó a regañar a la planta, quien ahora se sonrojaba y agachaba sus pétalos avergonzada. Todas las hadas a su alrededor reían, pues les provocaba mucha gracia que a Antu siempre le pasara lo mismo.

Las hadas eran mutaciones de distintos tipos de flores; sus pétalos y pistilos se habían transformado en brazitos, piernitas, caritas y alitas. Eran pequeñas niñas, todas muy bonitas; medían aproximadamente lo mismo, lo que mide una mano; y todas tenían ojos demasiado grandes para sus cabezas. Éstos, además de ser grandes, se encontraban más separados que los de los humanos. Sus cuerpos seguían viéndose como los de pequeñas niñas sin desarrollar, a pesar de que todas eran adultas. Vestían con atuendos de la misma flor de la que habían nacido. Algunas más tapadas que otras, otras desnudas, todas lucían grandes pétalos que se transparentaban hacia los extremos, convirtiéndose en alas hermosas. Además, emitían una luz plateada como la de la luna, que provocaba que las plantas a su alrededor se encendieran en colores verdes y azules.

La aldea constaba de cientos de casitas trepadas en las ramas de los árboles, todas con luces amarillas en el interior. Éstas estaban hechas como nidos de pájaros, de varias ramitas en bola, pero con techos de hojas y varios hoyos redondos alrededor, que servían como puertas y ventanas. Las plantas aquí eran diferentes a las del resto del mundo, no sólo porque se iluminaban solas, sino porque parecían estar más vivas que las demás. Algunas tenían ojos, otras bocas y otras caminaban por la aldea arrastrando sus raíces. Los árboles se rascaban con las ramas y los animales convivían en perfecta harmonía con la aldea. Las hadas habían alterado sin querer el lugar, todo alrededor de ellas cambiaba mágicamente; incluso los animales podían hablar algunas palabras. Todos convivían en una paz armoniosa. Antu se sentía nuevamente en casa, a pesar de no haber nacido en Gaea, él se sentía como de la familia.

Antu saltaba con ellas como si también quisiera volar. Tal vez él debió haberse convertido en hada y no en humano, pensó riendo.

—¡Babieeeeees!— gritaba efusivamente.

Se paró en medio de ellas y comenzó a agitar la cabeza, moviendo el pelo de lado a lado, con las manos sobre sus muslos, mientras ellas bailaban alrededor de él. Chistosamente no se saludaban, sólo bailaban. Al fin pararon y entre todos se abrazaron. Antu en segundos se convirtió en un enjambre de hadas. Cuando todas se apartaron, Antu quedó inmóvil, se veía extasiado de haber llegado. Todas se sentaron alrededor de él como esperando órdenes de su líder, esta vez ya no había hadas dormidas o en casa; no había hada alguna que no se fascinara de la compañía del carismático Antu. Todas lo observaban esperando alguna explicación de su llegada. Antu se puso muy serio, tomó mucho aire, como si fuera a decir algo realmente importante y anunció:

—Babies, ¡vamos a chupaaaaar!

Al instante todas comenzaron a volar efusivamente y, mientras unas lo empujaban hacia el jardín de los cerezos, otras fueron a recolectar reservas de resina o a despertar a las plantas musicales.

El jardín de los cerezos era uno de los lugares más importantes en Gaea, puesto que lo usaban como jardín de fiestas. Esto tiene su razón de ser, a las hadas les gustaba celebrar todos los acontecimientos sin falta. ¡Diario celebraban algo! El jardín era un campo repleto de cerezos exóticos que procreaban los mejores manjares del mundo al instante, siempre y cuando les gustara la música que había en la fiesta. Algunos se pintaban de diferentes colores neón y comenzaban a brillar, como si fuera una competencia entre ellos ver quién era el más exótico. Por si fuera poco, algunos despegaban sus raíces y se ponían a bailar al son de la música. Las plantas musicales eran un coro que constaba de plantas tubulares que aspiraban aire y lo dejaban salir lentamente, abriendo algunos de sus orificios a voluntad. Estaban las plantas que se estrellaban de un lado a otro, mareándose un poco y provocando un fuerte sonido como el de un tambor. También estaban las plantas que amarraban sus lianas a un árbol y las tensaban para tocarlas con las hojas como si fueran un arpa; y por supuesto, las flores y hadas cantoras, que emitían sonidos sutiles y angelicales. Se dice en tierra firme que si escuchas a un hada cantar es como si oyeras la música del cielo.

En un costado del jardín había pequeñas máquinas de madera muy parecidas a las que sirven para hacer mantequilla. Las hadas arrojaban dentro de éstas la resina de su madre y los frutos de las plantas cercanas. Batían el contenido hasta obtener una sustancia líquida fosforescente, el famoso elixir de Gaea. Después del primer tambo, Antu comenzó a tomar como si no hubiera un mañana. La música era fuerte e hipnotizante y los ojos de las pequeñas y de Antu se ensanchaban bajo su efecto.

En pocos minutos todos reían y bailaban de forma ridícula, aquí no había que cuidarse de las apariencias como en Sarigonia, sólo de pasarla bien. Antu sentía su corazón reventar, se sentía tan feliz. Bailaba moviendo las piernas de lado a lado sin mover la cadera y después, aventaba la cadera al ritmo de su pierna sin mover la cabeza; bailaba como si fuera un muñeco de trapo, largo y flaco.

Pero ellos no eran los únicos que festejaban, también los animales contribuían, cientos de mariposas volaban en círculos en el cielo, los pájaros soltaban pétalos de flores sobre la muchedumbre, los peces del arroyo brincaban en perfecta sincronía, incluso los zorros y los conejos bailaban de espaldas en celebración. Antu bailaba con un árbol de cerezo bastante coqueto, todo era perfecto, ya ni recordaba la razón por la que había ido. De pronto, en medio del trance, preguntó:

—¡Hey! ¿Dónde está Kaia?

Las hadas contestaron, sin darle mayor importancia, que no la habían visto desde hace unos días. La cara de Antu empalideció y de pronto se dio cuenta de la capacidad que tenía de bloquear las cosas que le dolían, no estaba en Gaea de visita, estaba ahí para averiguar qué había pasado con Kaia.

—¡Deténganse! ¡Paren la música!—, gritó Antu con voz severa.

Todas lo miraban desconcertadas, nunca lo habían visto con tanta seriedad, algunas de ellas reían pensando que era otra de sus bromas, pero no lo era.

—Niñas, tengo algo que decirles. Kaia está en problemas, ha sido secuestrada y mientras nosotros bailamos, ella está probablemente siendo torturada—, dijo él lo más sutil que pudo.

Varias de las hadas volaron de inmediato a sus casas, el ambiente se había transformado en lúgubre e incierto, el miedo cundía por doquier. Varias de ellas se arrimaron unas con otras como para protegerse, los animales desaparecieron en los arbustos y los árboles bailarines enterraron sus raíces en la tierra una vez más.

—Necesito saber todo lo que sepan de Kaia, ¡porfavor! Es preciso que vaya a Ámber para recibir apoyo de los elfos. ¿Alguien sabe algo de ella?—, dijo Antu esperando a las hadas que quedaban.

Todavía tenía la esperanza de que éste no fuera un caso similar al de Magda, el hada desaparecida hacía un par de siglos atrás. Era evidente que no sabían nada, o no hubieran estado celebrando; la desaparición de una de sus hermanas era mucho mayor que cualquier fiesta o solsticio que debieran festejar. Antu miró con resignación a sus compañeras, debía seguir su camino.

Todo esto era muy extraño, nadie lastimaría a un hada en sus cinco sentidos, menos después de lo que pasó en la gran tragedia. ¿Qué razón podría tener una criatura para cometer semejante atrocidad? En fin, no era mucho, pero por lo menos ahora estaba seguro que Kaia no se encontraba en Gaea, ahora debía partir. Tomó a una hadita temerosa en su mano y le dio un beso de despedida sobre la frente, ya todas estaban en sus casas y lo veían preocupadas desde las ventanas. El miedo era como un veneno sobre la tierra fértil, todos sabían lo que había pasado la última vez que había muerto un hada.

CAPÍTULO 9

LA GRAN TRAGEDIA

Hace cien años aproximadamente murieron cuatro hadas en una gran batalla, mientras intentaban salvar a los unicornios. Los humanos despiadadamente habían ordenado matarlos a todos y la cacería había comenzado de inmediato. Incrédulos y tontos, los hombres no comprendían que los unicornios eran criaturas puras y nobles y que su muerte sólo traería maleficios a su raza.

Los unicornios eran blancos, tenían un cuerno sobre la frente y cuerpos de magníficos caballos. Era verdaderamente fácil localizarlos puesto que su blancura se vislumbraba desde muy lejos. Durante varios años la cacería de éstos fue un gran deporte. Se creía que al beber la sangre de estas magníficas criaturas inmortales, los asesinos obtendrían salud, belleza y con suerte, inmortalidad. Pero todo había sido una gran confusión. Naturalmente las hadas, protectoras de todo ser vivo, lucharon contra los humanos para detener la masacre, pero eran demasiados. Fue una época inquisidora de terror y tristeza, los campos estaban rociados de rojo, las aguas también. La muerte trajo más muertes y la raza humana conoció por primera vez las epidemias y las enfermedades, ése fue el castigo para los impuros. Desde esa época se volvió común enfermarse; la enfermedad sería una maldición que jamás se quitaría en el mundo, puesto que el daño había sido demasiado terrible. Miles de generaciones pagarían el precio de sus antecesores.

Llevados por un frenesí de violencia y adrenalina, una pandilla de dieciocho jóvenes y una mujer pelirroja capturaron a cuatro hadas en su cacería. Estaba estrictamente prohibido por ley atacar a un hada, puesto que eran guardianas de la tierra y el tiempo, pero eso no les importó. Esta banda de rebeldes las atrapó y torturó durante algún tiempo. Se dice que la única manera de matar un hada es rompiéndole el corazón antes de asesinarla, puesto que tienen la capacidad de morir y renacer creando así otro ciclo de vida. Eso fue justo lo que hicieron los criminales: las encerraron en frascos y las obligaron a observar la matanza de unicornios antes de mutilarlas. Aquella maldad era casi inhumana, el torturar a criaturas tan inocentes merecía la muerte, pero lo que ellos recibieron fue mucho peor; la venganza de la madre Tierra y la ira de su propia naturaleza.

Las hadas observaron trágicamente la muerte de sus hermanas. Una por una fue deshojada y aniquilada. Finalmente, la última en morir soltó un hechizo sobre el unicornio que perseguían y puso en él toda la vida que le quedaba para ayudarlo a escapar. Le otorgó su cabello obscuro para pintarlo de negro y sus alas para hacerlo volar. Al final, ya en sus últimos segundos, no tanto por venganza sino por ayudar a su puro amigo, tomó la humanidad del muchacho que terminaba con su vida y la arrojó en un suspiro al unicornio negro que ahora huía hacia las nubes.

Tres hadas muertas con el corazón roto y una con el corazón libre, pero la vida aniquilada fueron las consecuencias del atroz crimen. La pandilla estaba aterrada de lo que le había pasado a su amigo. Ya no era uno de ellos, ni siquiera era humano, era un monstruo pálido, con venas saltonas y dientes afilados, ojos blancos y sin vello en la piel o en la cabeza. Todos los muchachos lo abandonaron aterrados y el malévolo monstruo juró vengarse. Aunque éstos huyeron a sus casas para redimirse, el mal estaba hecho y los pocos unicornios que quedaban también fueron exterminados por otros grupos de humanos ingenuos, todos excepto uno.

Con el paso de los años, los perpetuadores del crimen fueron desapareciendo hasta que no quedó ni uno solo. Todos misteriosamente se ausentaron de sus respectivas aldeas. Nadie sabía qué les había pasado. Vivieron con miedo un tiempo y para colmar su suerte, fueron rechazados en todas las aldeas, pues la historia del monstruo corría por todas partes y la presencia de estos muchachos representaba un peligro inminente. Sus últimos días vivieron en soledad, tristeza y arrepentimiento. A pesar de que se cambiaron varias veces de nombre y de aldea, el monstruo siempre pudo encontrarlos y la gente los vió por última vez.

Con la muerte de las cuatro hadas desparecieron tres días del calendario como si jamás hubieran existido; el cuarto sobrevivió a medias, un año se presentaba y al siguiente no, y así sucesivamente. Sólo las hadas recordaban a sus hermanas difuntas. Toda la gente y las criaturas que nacieron en esos tres días desaparecieron sin dejar rastro o recuerdo alguno. El calendario se conformó entonces de 365 días y un día extra para algunos años en los que el espíritu del hada, que ofreció su vida para rescatar al unicornio, merodeaba Gaea.

La maldad había sido tan grande y la tristeza tan fuerte que todas las hadas lloraron durante varios años. Tantas lágrimas se derramaron que la tierra no pudo absorberlas. Se hicieron riachuelos que comenzaron a estancarse y pronto éstos se convirtieron en un pequeño valle cercano a Gaea, un valle de lágrimas. Los humanos, alarmados por las nuevas enfermedades, comenzaron a arrojar los cadáveres de los unicornios dentro del valle. Su raza ahora estaba maldita y querían olvidar lo sucedido lo antes posible, así, si no los veían, no tendrían por qué recordar lo que habían hecho. La historia pronto se volvió leyenda y todos dejaron de creer siquiera que alguna vez existieron criaturas tan puras como los unicornios.

El valle ya no era sólo un valle de lágrimas y cadáveres, sino que con los años las aguas se contaminaron de rencor y muerte. Todas aquellas almas olvidadas se distorsionaron hasta volverse malditas. Las aguas se tornaron peligrosas, pues el odio se ahogaba en el fondo y cualquier criatura que se acercara, desaparecía para unirse al valle de dolor y de lágrimas que crecía cada día.

CAPÍTULO 10

BARCO PIRATA

Habían transcurrido seis días desde que Corsa embarcó con la tripulación pirata. A pesar de que no habían querido confiar en él al principio, su escepticismo había desparecido; no tanto porque él dijera que era hermano de Cora, sino porque eran tan parecidos que no había duda alguna sobre el parentesco. La cuestión era que, aunque fueran hermanos, no creían posible que Cora hubiera logrado llegar a tierra o que Corsa lograra llegar a la isla sin que los espíritus del valle los hubieran ahogado. Corsa les había dicho que no recordaba nada y al día siguiente, para enfatizar su historia, les mostró una nota que supuestamente Cora había mandado desde tierra. Dijo que la había traído una paloma mensajera y les mostró que decía que se encontraba bien y les agradecía por sus atenciones. En fin, había mucho trabajo por hacer y eso había bastado para superar el asunto, para todos menos para Ébano, por supuesto.

Johan había simpatizado con Corsa al instante, habían embarcado de nuevo y estaban sobre las aguas del valle una vez más. El risueño joven era el único que no se burlaba de Corsa por ser un poco femenino, aunque todos los demás lo hacían sólo de juego. A pesar de que eran bromas, Corsa se preocupaba, pues le estaba costando trabajo adaptarse a su nuevo cuerpo. Hacía mucho tiempo que había dejado de ser un hombre y los hábitos le resultaban un poco complicados. Para todo había pros y contras. Por un lado, ir al baño era mucho más fácil que antes, pero por otro lado los movimientos de su cuerpo debían ser mucho más restringidos. Cuando era una mujer podía moverse con infinita gracia y ligereza, pero ahora debía ser más tieso y más rudo, eso implicaba cuidarse de no torcer demasiado sus muñecas o mover tanto sus caderas al caminar. Era difícil, pero debía volverse un maestro del sexo masculino o pronto comenzarían a pensar que algo andaba mal. Ahora lo más importante era pasar desapercibido para no revelar su verdadera naturaleza mitológica.

Ébano al principio había sido muy escéptico e incluso tajante con Corsa, porque extrañaba a Cora, pero luego había reflexionado que mientras estuviera con él seguro encontraría a Cora de nuevo. Con el paso de los días se volvieron grandes amigos y a pesar de que a veces se formaba una competencia entre ellos, se caían muy bien el uno al otro. El capitán los hacía limpiar el barco todos los días, entonces Corsa deseaba seguir siendo Cora para no tener que hacerlo pero, a pesar de que el trabajo era pesado, juntos siempre se divertían.

Un día Ébano amarró la larga cabellera de Corsa a una vela mientras limpiaban y luego gritó que veía algo en las aguas, todos corrieron a ver, incluyendo Corsa, pero al tensarse su pelo, éste cayó de espaldas quedándose sin aire y en ridículo. Todos se rieron, pero fue Corsa quien rió al final. Al día siguiente, muy temprano, limpió toda la cubierta con aceite. Después, cautelosamente, subió junto con Johan por el mástil hasta el área del vigía y gritó: "¡tierra a la vista!" Naturalmente el más emocionado fue Ébano, pues ansiaba conocer Ámber, y fue el primero en caer, resbalándose hasta el otro lado del barco. Poco a poco todos cayeron y entre más intentaban levantarse, más se engrasaban y menos podían. Corsa reía junto con el travieso Johan desde arriba.

—El que se lleva se aguanta—, se decían entre ellos.

Raleigh, harto de las revueltas en el barco, puso a todos a trabajar horas extra, lo que provocó que todos se molestaran con Corsa. El único que no se enojó fue Ébano, pues contaba con un gran sentido del humor. Si tan sólo pudiera Corsa contarle que en realidad era un tritón, pero no debía arriesgar su identidad; ya había visto lo que había pasado en Sarigonia, los humanos eran una raza extraña, capaz de cualquier cosa.

Un día estaban limpiando la cubierta cuando se escuchó un grito terrible; un hombre había caído al agua y gritaba aterrorizado. De inmediato Raleigh le aventó un salvavidas atado a una cuerda, pero antes de que pudiera agarrarlo, éste se hundió rompiendo de un tirón la soga. Era Johan, el más pequeño de la tripulación, todos lo miraban, le gritaban que se aferrara al barco, pero todos sabían que era demasiado tarde, los espíritus lo rodeaban y reían silenciosos. Corsa, que se encontraba en los camarotes, escuchó los gritos de Johan y subió a toda prisa para auxiliarlo, pero al llegar a cubierta vio con terror a su amigo rodeado de los mismos seres malévolos que habían tratado de asesinarlo. Dudándolo un poco, se dispuso a aventarse para ayudarlo, pero Raleigh lo sujetó de tal forma que no pudo hacerlo. Johan intentaba nadar, pero su esfuerzo era insignificante, sus depredadores se mofaban de su intento de supervivencia. De pronto, en un abrir y cerrar de ojos, se hundió dejando atrás nada más que burbujas. Corsa gritaba para que el capitán lo liberara, pero éste no le hacía caso. La tripulación estaba boquiabierta, nadie decía nada. No fue hasta que Corsa cesó de luchar, que Raleigh lo soltó. Entonces se aferró a Ébano con todas sus fuerzas e intentó suprimir lo que sus ojos acaban de ver. Había perdido a un compañero y a un amigo.

Todo ocurría tan rápido, Corsa seguía sin poder creer lo que había sucedido aquella tarde, debía estar soñando. Esa misma noche celebraron su funeral, confirmando que su muerte había sido verdad. Con antorchas prendidas en el barco y poca luz sobre el mar, los piratas pronunciaron algunos discursos y luego arrojaron flechas de fuego hacia el cielo. Era una noche desolada, nadie lograba consolarse pues había sido una muerte inesperada. Corsa no había dicho ni una palabra desde la tarde y se sentía culpable por no haber hablado en el funeral, después de todo había sido Johan quien lo había rescatado aquella noche en la canoa. Su querido niño, si tan sólo pudiera ayudarlo de alguna forma. Entonces Corsa recordó a su amado padre adoptivo, Telxinoe.

—Cora—, le había dicho—, el canto de una sirena es tan mágico que puede guiar a un alma en pena hacia la luz.

Entonces él cerró los ojos y comenzó a cantar sin pensarlo. Jamás se había oído algo similar en tierra firme. Por un momento el viento dejó de soplar, pues todo ser vivo y no vivo quería escuchar aquel canto angelical. Corsa cantaba con el corazón roto y cada vocal que salía de su pecho era la nota más triste y bella que se había oído jamás. Durante varios minutos todos se idiotizaron ante aquella melodía, incluso los malévolos seres habían salido de las aguas para oír de cerca la divina y desdichada tonada. Todos lloraron, incluyendo a Raleigh que nunca había llorado frente a otros. El valle de las lágrimas estaba inevitablemente afligido.

Cuando Corsa terminó, uno de los marineros comenzó a aplaudir, pero fue instantáneamente detenido por el enorme capitán. Todos estaban desconcertados y el capitán miraba a Corsa sospechosamente. Después de unos instantes, Raleigh se metió en su camarote seguido por el resto de la tripulación. Únicamente Corsa y Ébano quedaron en la cubierta.

—Corsa, ¿cómo hiciste eso? ¡Fue magnífico!—, le dijo Ébano aliviado.

—El capitán no parecía tan contento—, le contestó con sarcasmo.

—No te preocupes por él, seguramente cree que eres un tritón, lleva obsesionado con las sirenas desde que lo conozco—, dijo Ébano entre risas.

Corsa de inmediato se puso nervioso, el capitán lo había mirado de una forma muy extraña, tenía que salir de ahí, era demasiado riesgoso quedarse.

—Ébano, tengo que salir de aquí—, susurró Corsa—, debes ayudarme.

Ébano había perdido el entusiasmo, estaba confundido. ¿Por qué Corsa actuaba tan misteriosamente? Se veía más pálido que de costumbre y demasiado nervioso para estar bien.

—Ébano, no he sido completamente honesto contigo, hay algo que debes saber—, susurró Corsa, pero antes de que pudiera continuar dos marineros lo atraparon por la espalda, lo tomaron de los brazos y a pesar de que éste soltaba fuertes golpes, no encontró escapatoria, con cada golpe más hombres se sumaban a su captura.

Ébano no entendía qué pasaba, por un momento creyó que era otro juego, hasta que vio a Raleigh salir del camarote; los marineros seguían sin soltar a su amigo.

—¿Qué está pasando? Vamos chicos, ¿qué están haciendo? Suelten a Corsa—, les dijo Ébano incrédulo.

—Que, ¿qué está pasando?—, gritó el capitán sarcásticamente—. Que tu querido amigo ha logrado engañar a una tripulación de 20 personas, ¡eso es lo que está pasando!—, gritó de nuevo Raleigh.

Corsa estaba aterrado, pues veía cómo sus amigos se habían transformado en enemigos. Con horror observó una cubeta de agua que ahora cargaba uno de ellos. Bastó la simple orden del capitán para que se la arrojara encima. Lo que vieron posteriormente los dejó boquiabiertos, Corsa era lo que habían estado buscando toda su vida. En unos instantes sus piernas habían desparecido para convertirse en una majestuosa cola de tritón; sus escamas aguamarina brillaban con el reflejo de la luna. Era una criatura mítica la que tenían frente a sus ojos, todos estaban asombrados, excepto Ébano, que demostraba una gran desilusión. Apartó la mirada de su engañoso amigo y Corsa sintió cómo se le rompía el corazón por segunda vez aquella noche. Derrotado y empapado, lo llevaron al mástil central y lo amarraron sentado de espaldas hacia la vela. La cuerda estaba áspera y mientras lo amarraban le quemaron la piel varias veces, pero nada de eso importaba, había fallado en su misión. Ébano se había retirado y el capitán sonreía satisfecho.

Pasaban las horas, pero la noche no le servía de consuelo. De pronto llegó la madrugada y Corsa seguía llorando atado al mástil, no entendía cómo todo había cambiado tan drásticamente: sus amigos lo habían traicionado, incluso Ébano. Pensó en Johan y en cómo él lo hubiera ayudado, pensó en sus estúpidos intentos de encajar y en cómo había logrado ya volverse masculino, pero ahora ya nada tenía sentido. Miraba al cielo buscando ánimo, pero no había estrellas, ni siquiera su amada luna estaba presente; el cielo era lluvioso y oscuro.

Corsa seguía lamentándose cuando oyó la madera de la cubierta crujir, había alguien más con él, pero, aunque intentaba ver de dónde provenía el sonido, era inútil, no podía ver nada.

—Descuida Corsa, te sacaré de aquí—, susurró alguien.

Corsa sintió un hilo de esperanza, las cuerdas se estaban moviendo como si alguien las estuviera cortando, de pronto ya no estaba amarrado. Un hombre se puso frente a él y lo tomó por la cola; el tritón se sujetó con los brazos al cuello de éste y dejó que lo levantara. El misterioso salvador lo llevaba a algún lugar cuando una antorcha se prendió en medio de la oscuridad. Era Ébano quien lo cargaba, la tripulación entera estaba a unos metros de ellos observándolos, Corsa no entendía qué pasaba, pero tampoco parecía bueno.

—Mi querido Ébano, veo que has escogido a tus enemigos. Verás, no somos tan tontos como crees, queríamos saber qué tan fiel eras a tu tripulación y has fallado la prueba—, dijo Raleigh con un aire de grandeza y continuó—, nos darán una gran recompensa por él, ¿sabes? Y tú eres tan tonto que has perdido tu parte, ¿de dónde crees que salieron todas estas joyas, Ébano? Y esto sólo fue por el hada, imagina lo que nos dará *Lilev* por esa magnífica criatura.

Ébano no emitía palabra alguna, mientras que Corsa deseaba que no lloviera para por lo menos poder correr de sus captores, pero ¿a dónde o cómo con aquella cola? Miró a su alrededor y vio que estaba muy cerca de la orilla del barco; todo se reducía a ese momento. Un solo instante para elegir qué era más terrible, ¿el valle o los piratas? Siendo probablemente ésta la única oportunidad que tendría para decidir, pensó: Con un fuerte empujón tal vez podría llegar. Sin dudarlo más tiempo se aventó desde los brazos de Ébano hasta el barandal del barco, miró hacia atrás y vio a los piratas correr detrás de él atemorizados. Demasiado tarde, Corsa se había impulsado hacia delante y a pesar de sentir varias manos intentando agarrarlo de la cola, logró escapar, pues las escamas suelen ser resbalosas cuando están mojadas.

Corsa entró en las aguas prohibidas y de inmediato sintió la fría bienvenida. No era bien recibido ahí y podía sentirlo, pero ¿qué podía hacer ahora? Había demasiadas cosas pasando por su cabeza, ¿quién era *Lilev*? ¿Sería Kaia de quien estaban hablando? Ébano seguía arriba, tenía que ayudarlo, pero Corsa estaba inmerso en sus paralizantes pensamientos. Fue entonces cuando vio al primer ser maldito a lo lejos, iluminado, como si el agua estuviera encendida. ¿Qué era eso? ¿Porqué había luz bajo el agua? Enotnces sus dudas fueron aclaradas. Estaba a punto de salir por Ébano cuando vio, a tan sólo dos metros de él, una flecha encendida entrar al agua e irse hacia el fondo. ¡Estaban cazándolo! ¡Con flechas de fuego! Pero no sólo eso, ahora que podía ver al fondo, notaba que cientos de los seres malditos del valle se acercaban a él, no tenía escapatoria. Sintió terror al ver las horribles criaturas multiplicarse y se paralizó por completo. Miró hacia arriba esperando un milagro, entonces un enorme caballo negro entró al agua. Corsa nadó hacia Ébano y se aferró a su cuello intentado sacarlo, pero era imposible, el caballo era demasiado pesado. De pronto sintió una gran fuerza que lo jalaba hacia arriba; todo estaba pasando tan rápido que no entendía nada, era como si Ébano supiera nadar. Llegaron a la superficie en pocos segundos y en otros tantos la dejaron atrás. Corsa se agarró con todas sus fuerzas al cuello del hombre-bestia y vio sorprendido que habían abandonado las aguas, ¡Ébano estaba volando! En segundos el barco era diminuto y las nubes enormes, habían escapado, o por lo menos eso pensó Corsa antes de ser atravesado por una flecha en las costillas. Agonizando, miró incrédulo el arma que lo había atacado y perdió el conocimiento, cayendo docenas de metros hacia el vacío. Ébano cerró sus majestuosas alas rápidamente y cayó en picada hasta alcanzarlo. Asustado, con Corsa sobre su lomo, siguió volando hacia el Noreste, directo hacia la tormenta, ya no faltaba mucho para llegar a Ámber.

CAPÍTULO 11

ÁMBER, CIUDAD DE LOS ELFOS

Elros y Alysa eran una feliz pareja, como no tenían hijos dedicaban todo su tiempo a otras actividades como cocinar, cuidar de su jardín, escribir y sobre todo dar clases de lucha a los pequeños elfos. Elros los instruía en cómo mover la espada ágilmente, mientras que Alysa les mostraba su destreza con el arco. Ámber no era una ciudad que promoviera la guerra, por el contrario, su doctrina era la paz; sin embargo, los guerreros de aquella ciudad eran los mejor instruidos para la batalla.

Alysa no siempre había pertenecido a ese lugar, pero a pesar de que había renunciado a su trono en Askar, ahora vivía sin arrepentimiento alguno. Ámber era su hogar y no podía imaginar su vida de otra manera. Llevaba dos años y medio viviendo en la gran ciudad de los elfos y cada día los admiraba más por su sabiduría y su bondad, virtudes de las que la raza de Alysa carecía, la raza humana.

Alysa se había enamorado inesperadamente de Elros, su mejor amigo, y había huido de Askar para estar con él. Su madre la había intentado encerrar para evitar que escapara, pero su tierna niñera, quien se había encariñado mucho con ella, le había enseñado tiempo atrás a abrir puertas con tan solo dos palillos. A partir de ese momento su madre no lograba encerrarla nunca, porque antes de

JUAN IGNACIO ZERMEÑO REMIREZ

que se diera cuenta, la niña lograba escapar milagrosamente de su castigo. La desnudaba para encontrarle llaves o algún artefacto con el que lograra esas artimañas, pero no encontraba nada más que los palillos de madera con los que se peinaba a diario. Naturalmente, al ser un elemento de su guardarropa, jamás sospechó de él. Fue así como un día, asfixiada por su jaula de oro, escapó con ayuda de su amigo y futuro novio Elros, un simpático elfo moreno de cabello negro y ojos verdes que destellaban bondad y cariño. Era corpulento y de grandes pechos, pues hacía mucho ejercicio cuando no estaba escribiendo sus dichosos libros. Corsa y él habían sido grandes amigos en el pasado, junto con Alysa, Kaia y Antu, lo habían ayudado a realizar su sueño: convertirse en una sirena. Elros, en la travesía había descubierto que su corazón le pertenecía a su amada amiga Alysa y desde ese momento, se habían convertido en una inusual y feliz pareja. Ahora vivían en Ámber y tenían una vida muy tranquila, lejos de la realeza. Su madre jamás supo cómo escapó, pero ya no importaba, pues lo había logrado.

Aunque Alysa no había estado tan segura al principio, había descubierto que vivir en una ciudad elfa no era tan malo como creía. Las calles se formaban de pequeñas colinas verdes con caminos de piedra clara y en cada esquina, había señalamientos tallados en madera. Las casas eran construidas con madera y grandes tabiques de adobe; tenían ventanas circulares y puertas talladas con grecas y figuras fantásticas. También tenían chimeneas de piedra y cada casa tenía un huerto, o jardín donde cultivaban cebollas, lechugas, frijoles mágicos, jitomates y muchos otros frutos. A pesar de que cada familia era autosuficiente, también tenían pequeños mercados donde intercambiaban objetos como piezas de arte, vajillas, comida, ropa, joyería, libros y otras cosas.

Ese día Alysa caminaba por el mercado buscando un florero para adornar su sala con las lindas orquídeas blancas que crecían en su jardín. Los elfos que la rodeaban parecían casi humanos, excepto por sus orejas puntiagudas y su alta estatura. Aunque era notorio que provenía de una raza distinta, Alysa lo disimulaba vistiéndose como ellos con un vestido de chiffon de seda color coral o a veces lila. Lo usaba halter, ceñido en el busto y con la cintura alta y a partir de ahí, suelto con mucha tela hasta el piso. El vestido tenía una abertura en una pierna que se descubría con el más ligero viento. Curiosamente, a diferencia de todas las elfas que usaban sandalias de tiras, Alysa usaba tacones tallados en hueso, con vestiduras de raso blanco y tiras para ajustárselos a las pantorrillas. Ansiaba sentirse como una de ellos y por eso usaba tacones para disimular su corta estatura. Gracias a su afortunada genética, Alysa gozaba de una cabellera larga, gruesa y saludable, color café oscuro y tal como las elfas, portaba el pelo largo con una diadema plateada con joyas en forma de hojas. La pieza dejaba caer algunas piedras azules sobre su frente y se amarraba con varias cadenas largas por atrás de la cabeza. Finalmente, lo que no pudo copiarles fue su piel clara, pues su tez era apiñonada y sus ojos también, por lo que causaba grandes atracciones en la ciudad al ser tan diferente. Aunque era muy bella y delgada como las demás elfas, no se veía ordinaria, se veía exótica.

—Sabes, esos tacones jamás te harán más alta—, dijo de pronto una hostil voz detrás de ella.

—Y yo que pensé que hoy sería un lindo día. Veo que me equivoqué—, le respondió Alysa agresivamente a Aria, la elfa que siempre la molestaba.

Desde el principio Aria jamás aceptó que una humana llegara a vivir a Ámber y mucho menos que uno de sus puros hermanos se enamorara de ella.

Aria sonrió y continuó su recorrido, sabiendo que había logrado arruinar nuevamente la serenidad de la humana. Pero eso no era todo lo que afligía a Alysa, de nuevo tenía dolor de espalda, aunque no era tan grave como para quedarse en casa. Mientras miraba las rosas rehidratadas y pensaba en cómo hasta las flores muertas las regresaban a la vida en ese lugar, Alysa sonrió, en verdad era un lugar mágico, excepto por Aria, claro. A su lado había un florero de bronce con formas de flores y hadas, era largo y tenía la boca en forma de tulipán. Lo observó con detenimiento recordando a Kaia, las hadas grabadas en él se parecían mucho a ella. Sintió la cálida sensación que experimentaba cada vez que se reencontraba con Kaia y se alegró, era ése el florero que quería. Lo compró satisfecha y se dispuso a regresar a casa feliz por su compra. Estaba a punto de abandonar el mercado cuando sus ojos se detuvieron en unos palillos para el pelo. Qué extraño, hacía mucho tiempo que no veía palillos para el pelo, era un hábito que sólo tenían los humanos, según creía. Miró a su alrededor y notó que nadie usaba el pelo recogido y mucho menos con esos palillos. Alysa los tomó entre sus manos, eran de una madera fuerte y clara, tenían filo de un lado y del otro una flor de cerezo tallada a mano. Automáticamente recogió su pelo en un alto chongo y lo sujetó con los palillos, sonrió y se dejo llevar un momento por los recuerdos de su niñez. Alysa había logrado escapar de Askar con un par de palillos como éstos, sin ellos no estaría aquí felizmente comprando un hermoso florero, pensó ella.

La señora del puesto la miraba con curiosidad. Era una elfa anciana, muy simpática, que, aunque ya se había encontrado con la joven humana varias veces, ésta siempre le causaba intriga. Y ahora más, porque nunca nadie había apreciado esos palillos como lo hacía la humana. Ay, pero cómo son las cosas, pensó burlándose de sí misma y dijo:

—Sabes niña, esos palillos son especiales. Fueron construidos de una rama del árbol real, el inmenso laurel que se encuentra en el centro de la ciudad. Claro, son muy viejos, los tallaron antes de que prohibieran usar esa madera, pero son muy especiales. Llévatelos, pues han te han elegido para irse contigo.

La anciana sonreía tiernamente, Alysa de pronto se dio cuenta de que ya los traía puestos y se sonrojó. Iba a quitárselos cuando la anciana la detuvo, así que sacó una mermelada de mora de su bolsa y se la ofreció a cambio. La anciana la aceptó y la guardó muy contenta; Alysa no lo sabía, pero la mermelada de mora era su favorita. Se alejó viviendo un hermoso recuerdo de su niñez y no notó que los elfos admiraban su elegante peinado. Caminó la vereda pensando en Kaia, ¿cómo estaría? Después de unos minutos llegó a casa y entró a su humilde hogar. Adentro estaba su amor Elros, escribiendo otro de sus libros. Llevaba su largo cabello hacia atrás, amarrado en una media cola como acostumbraban los elfos y su ropa consistía en una camisa de lino larga, ceñida con un cinturón ancho y unos pantalones pegados a sus contorneadas piernas. En realidad no tenía ningún color favorito, pero casi siempre usaba su ropa color verde, como aquel día.

Alysa colocó el florero sobre la mesa de la sala y luego metió en él las flores que había cortado en la mañana, las cuales seguían vivas porque al parecer era muy difícil que algo muriera en Ámber.

—¡Amor te ves hermosa! ¿Qué te hiciste?—, preguntó el despistado Elros que no notaba de dónde provenía el cambio.

Alysa rió, estaba a punto de contestarle cuando oyeron la campana. Algo andaba mal, la campana sólo se usaba para emergencias. Elros se levantó de inmediato tomando a Alysa de la mano y salieron a ver qué pasaba. En el cielo, como una sombra, un caballo negro volaba directamente hacia el palacio de Ámber. Nadie sabía qué representaba eso. ¿Era un enemigo o un amigo el que se acercaba? Todos podían sentir la desgracia aproximarse en aquel caballo, pero hasta no ser amenazados, nadie podía atacar al visitante. Esperaron hasta que el caballo aterrizó en el palacio, al parecer estaba herido y el asilo jamás se rechazaba en Ámber.

Algo le decía a Alysa que debían ir a ver qué pasaba, a diferencia de los demás, podía intuir algo familiar en aquel caballo, lo sentía como un dolor en las costillas. Comenzó a correr junto con Elros hacia el palacio, nadie se movía más que ellos, todos miraban desde lejos con miedo y nerviosismo.

El palacio a diferencia de las casas era inmenso, labrado en piedra y cubierto de enredaderas, tenía cientos de ventanas muy largas y algunas torres con grandes cúpulas para capturar la luz solar. Era el centro de la ciudad y había sido construido alrededor de un gran árbol de laurel, demasiado grande incluso para el palacio mismo, pues sobresalía por todos lados de la estructura.

El caballo acababa de aterrizar dentro de los jardines reales, Alysa y Elros estaban a tan sólo a unos metros de la puerta principal. Cuando llegaron a la entrada, ambos estaban jadeando. Entraron por la majestuosa puerta forjada en bronce con mitos y leyendas antiguas. Preguntaron por el caballo y siguieron las indicaciones hasta llegar al jardín real. Pero al llegar no vieron a ningún caballo, en cambio los sabios interrogaban a un joven moreno que se encontraba cubierto de sangre, mientras que otros se llevaban a un chico que venía herido. Alysa de inmediato se acercó al joven herido, se veía muy pálido y parecía tener una flecha atravesando sus costillas. No sabía qué era, pero aquel muchacho la llamaba de alguna manera; estaban a punto de llevárselo a cuidados intensivos y ella sentía unas profundas ganas de abrazarlo. Dubitativa acercó su mano para tomar la suya y le pidió a Gaea que lo curara. De pronto tomó su mano y abrió la boca en señal de desconcierto. No podía ser, no conocía ese muchacho y sin embargo, era él. Alarmada y angustiada balbuceó:

—¿Corsa?

Elros la miró desorientado, volteó a ver al joven herido y de inmediato comprendió que su viejo amigo, al que tanto había ansiado volver a ver, se lo estaban llevando moribundo.

CAPÍTULO 12

EL REENCUENTRO

A pesar de la angustia que sentía por su amigo Corsa, Ébano estaba muy emocionado, ¡por fin iba a conocer Ámber! Éste había sido su sueño desde que tenía memoria y no podía aguardar el momento de llegar a ella.

Ámber realmente superó todas sus expectativas: la gente era amable y todos vivían en una gran armonía; lo que hizo considerar a Ébano la posibilidad de quedarse a vivir con esas criaturas tan amistosas. Sin embargo, no era el mejor momento para pensar en eso, Corsa llevaba siete días en rehabilitación y aún no despertaba del todo. Con tantos medicamentos era difícil tener una conversación racional con él, su recuperación era demasiado lenta. El pobre había entrado en un pequeño coma después de que le retiraran la flecha, pues el dolor fue muy intenso. La flecha había logrado perforar sus intestinos y parte de un pulmón y aunque lo habían logrado coser y reconstruir, la pérdida de sangre había sido demasiada por lo que no sabían cuándo terminaría de recuperarse.

Ébano había sido interrogado cientos de veces, todos querían conocer su historia. Él la contaba sin cansarse, una y otra vez; contaba todo, excepto la verdadera identidad de Corsa, pues ya había observado lo que el secreto de su amigo había provocado en los piratas y no pensaba volver a arriesgarse. Todos curioseaban, en especial esa pareja de elfos que quería saber cada detalle. En su opinión se veían algo sospechosos, pero de buen corazón. El arribo de un Pegaso a Ámber se convirtió en la noticia más importante, nadie había conocido uno antes y no podían esperar a verlo.

Ébano recorrió el palacio hasta llegar a la sala de recuperación; ansiaba ver cómo se encontraba su amigo ese día. Por suerte estaba despierto, probablemente se pondría a hablar disparates en cualquier momento. El hombre-bestia se sentía emocionado, disfrutaba mucho de esa característica de Corsa. Podía hablar con él de cualquier cosa y sabía que no la recordaría, sin embargo, esta vez sería así, Ébano estaba a punto de ser descubierto.

—Ébano, supongo que ya debes saber quién soy. Quise decírtelo, pero ve en que problemas me metí—, dijo Corsa con una voz débil.

—Ay Corsa, yo tampoco fui honesto contigo. Vamos, tú eres un tritón, ¿no? Pues yo, en realidad, tampoco soy quien parece ser.

Pero cuando dijo esto, Corsa ya había cerrado los ojos. Ébano se detuvo, lo miró por un momento, sonrió y continuó hablando seguro de no estar siendo escuchado.

—Corsa, mi raza está extinta, soy el único que queda vivo. Fuimos masacrados, pero gracias a un hechizo yo logré escapar. He vivido escondido toda mi vida, pero ya no quiero hacerlo, estoy harto de huir. Corsa, tú y Cora me enseñaron cosas que había olvidado, como el amor o la amistad, la ilusión y la alegría. No quiero volver a perder ninguna de esas cosas, aunque muera en el intento, quiero vivir una vida normal, una vida feliz. Quiero...

Y sin decir más palabras, Ébano majestuosamente se transformó en la gran bestia que era. En un abrir y cerrar de ojos sus piernas y brazos se transformaron en patas enormes con grandes muslos y enorme cuello. Su cara y espalda se habían alargado, dando lugar a un hermoso caballo negro de ojos oscuros y un cuerno creciendo sobre la frente.

De pronto, detrás de ellos se escuchó un cristal romperse. Ébano giró sobre su cuerpo y vio a Elros y a Alysa tratando de ocultar el vaso que se les había caído. Ambos tenían la boca abierta y una enorme expresión de desconcierto.

—Es el último unicornio—, dijo Alysa asombrada.

Ébano, inseguro, pensó por un momento salir por la ventana y volar una vez más hacia la incertidumbre, pero no podía irse ahora, no podía abandonar a su amigo. Lentamente se transformó en humano y esperó alguna reacción de sus nuevos cómplices, pero quien habló fue Corsa.

—Ébano, no te preocupes, en esta familia nadie es lo que parece ser.

Era la primera vez que Alysa y Elros encontraban a su querido amigo despierto. Los dos corrieron a abrazarlo, era evidente que se querían mucho. Ébano se sintió un poco más tranquilo, Corsa tenía un buen corazón y seguramente sus amigos también lo tendrían. De pronto Alysa abrazó a Ébano y éste se sintió conmovido.

—Gracias por traerlo a salvo, jamás podré terminar de agradecerte—, le dijo Alysa con lágrimas en los ojos.

Ébano ya no sólo se sentía conmovido, sino que sentía ahora un gran cariño por estas dos nuevas personas que habían entrado en su vida. El aún no lo sabía, pero a partir de ese momento serían amigos para siempre.

—Niños, por lo que más quieran, sáquenme de esta cama. Llévenme a dar un paseo. ¡Me estoy volviendo loco!—, les dijo Corsa.

—No seas exagerado, llevas días inconciente.— Dijo Alysa en tono de burla.

—¿Dónde está Cora? ¿Dónde está?—, gritó Antu azotando la puerta de la entrada.

El pobre tenía unas ojeras enormes y el atuendo desaliñado. Corsa rápidamente tomó su cabello y se lo puso sobre la cara como si estuviera jugando con él. Alysa y Elros corrieron a abrazarlo, hace años que no sabían nada de él. Al parecer Antu no se había percatado de que sus viejos amigos se encontraban ahí también.

—¿Quién es Cora?—, preguntó Alysa confundida, pero con una gran sonrisa en la cara.

—Ébano ve a ver si no hay nadie afuera para que podamos escaparnos—, le dijo Corsa con tono travieso.

Ébano le guiñó un ojo e hizo lo que le pedía. El pobre de Corsa ya debía estar harto de tanto reposo, debía salir aunque fuera a dar una pequeña vuelta.

Corsa esperó unos segundos a que los pasos de Ébano dejaran de escucharse, entonces rápidamente se retiró el cabello y comenzó a hablar rápidamente.

—Antu no hay tiempo que perder, soy yo, Cora. Al parecer las sirenas podemos cambiar de sexo cada ciclo lunar. Ahora me llamo Corsa como antes, pero les pido por favor que guarden el secreto, Ébano no debe saber que soy Cora, él cree que soy su hermano. Es una larga historia. ¿Ok?

Todos permanecieron callados un par de segundos, Alysa y Elros continuaban abrazando a Antu y éste tenía la boca abierta como si quisiera decir algo, pero finalmente sólo arqueó las cejas hacia arriba sin decir nada. Segundos después Ébano entró por la puerta.

—Podemos irnos, no hay nadie en los pasillos. Ya vi una ruta para salir del palacio, pero debemos darnos prisa.

Antu, que seguía siendo abrazado por sus amigos, no podía dejar de mirar a Ébano, sus ojos estaban abiertos como platos. Levantó el brazo y lo señalo directamente, luego señaló a Corsa y emitió un profundo suspiro de sorpresa. Corsa lo miró con ojos amenazantes y Antu sencillamente sonrió satisfecho. Alysa y Elros seguían un poco confundidos pero, por lo menos, no actuaban con tanta obviedad como lo había hecho su amigo. Aun así Ébano era demasiado inocente para entender lo que estaba pasando.

Corsa aún no sabía qué tanto les había contado de su travesía y empezó a preocuparse.

—Espera, Ébano. ¿Le dijiste a alguien de mi naturaleza?—, preguntó temeroso.

Ébano negó con la cabeza, mientras que Alysa y Elros seguían sin entender nada de lo que estaba pasando.

—Niños, es de suma importancia que nadie sepa que soy un tritón, mi vida depende de ello—, les dijo Corsa seriamente.

—Tranquilo, ¡tu secreto está a salvo con nosotros!—, exclamó Ébano mientras se inclinaba sobre Corsa para ayudarlo a salir de la cama.

—¡Corsa no lo puedo creer! ¡Lo lograste! Te convertiste en tritón!— Dijo Alysa con ojos llorosos.

—¿Te convertiste?— Preguntó Ébano con curiosidad.

— Ja, es una larga historia—. Contestó Corsa mientras le dirigía una mirada secreta amenzadora a Alysa para que callara.

—Debemos irnos—. Dijo Elros intentando ayudar a Corsa, desviando la atención de Ébano.

Elros lideraba el camino mientras que los demás lo seguían lentamente, puesto que Corsa apenas podía caminar. El castillo no constaba de mucha seguridad, por lo que les fue relativamente fácil acercarse a la salida. Lo único que les faltaba era escaparse de los guardias de las grandes puertas de bronce. Para distraerlos, Elros se puso a platicar con ellos del festival de las esporas y antes de que se dieran cuenta, Corsa ya había salido triunfante del brazo de Ébano que lo estaba casi cargado por completo. Para este punto, la adrenalina era tan grande que Corsa esperaba que Ébano olvidara lo que acababa de decir Alysa.

CAPÍTULO 13

DÍAS DE ÁMBER

A pesar de que su recuperación era lenta, todo era más fácil con sus amigos; Corsa sentía paz cuando estaba con ellos. Aún no les había dicho nada de Kaia, principalmente porque quería sanar antes de partir. Antu tampoco había dicho nada. A pesar de ser tan diferentes Corsa y él, siempre se entendían y se apoyaban en todo; ésta vez no sería la excpeción.

Habían pasado cuatro días, el sol brillaba sobre Ámber y Corsa ya no estaba tan mareado como antes; su recuperación iba progresando exitosamente por lo que las enfermeras lo dejaban salir a la ciudad sin tener la necesidad de escaparse.

Ámber era una ciudad impactante: canales que transportaban ingentes ríos, calles y casas construidas en las colinas, señalamientos por todos lados y el gran palacio con el inmenso árbol al centro. Pero eso no era todo, la gente era muy amable y amistosa. Corsa ahora entendía por qué Alysa había optado por quedarse a vivir ahí.

De regreso en el hospital, Ébano despertó a un costado de la camilla y con gran sorpresa, vio a Cora acostada a su lado. Su abundante pelo tapaba la mitad de su rostro, pero eso era suficiente para destellar su incomparable belleza. La miró atontado, sin saber qué decir, entonces ella abrió los ojos y se retiró el pelo de la cara, apenado, él se percató de que era Corsa, su hermano gemelo. Corsa lo observó sospechosamente, pues sintió que lo miraba de una manera extraña, pero Ébano lo cargó rápidamente para despistar lo sucedido y se lo llevó. Corsa aún no lograba caminar con normalidad, por lo que esos días Ébano lo llevaba siempre en su lomo. Se sentía un poco extraño montado a caballo en medio de la gente, pero a la gente no parecía importarle, todos estaban ocupados llevando a cabo sus tareas cotidianas. Los dos amigos salieron felices por las puertas de bronce, estaban listos para conocer otro paisaje de la hermosa ciudad de Ámber.

Ese día Alysa los llevaría al mercado para que lo conocieran y vieran que los tesoros que uno podía encontrar allí eran únicos. Mientras lo recorrían, Ébano iba señalando con su pata todo lo que quería que Corsa le comprara, aunque en realidad no les alcanzaba para casi nada. Al final compraron un collar de semillas que Corsa amarró al cuello del caballo negro. Era de colores terrosos y venía amarrado en una trenza de cueros; aunque no era ostentoso, era muy bonito y Ébano se emocionó mucho cuando lo sintió caer sobre su cuerpo. Pero Corsa no había terminado de amarrar el colguije cuando empezó a sonar la gran campana. Ébano y su amigo se miraron alarmados, pues asociaban aquel ruido con malas noticias, pero la gente a su alrededor parecía contenta y nada angustiada.

—¡Es el festival de las esporas!—, dijo Alysa emocionadísima.

—¿Festival de las esporas?—, preguntó Corsa ansioso, mientras seguían a toda la multitud hacia la montaña.

Caminaron un poco más de un cuarto de hora, cuando de pronto vieron todo un bosque lleno de árboles que almacenaban grandes frutos en forma de esferas. Las pelotas parecían estar hechas de largas enredaderas color café que se mezclaban hasta obtener la forma perfecta. Había miles de ellas. Los amigos se acercaron a una que yacía quebrada en el suelo, rodeada de un misterioso polvo blanco.

Al aproximarse más, Corsa vio que cerca del bosque había una pequeña mesa en la que se encontraban dos elfos dedicados a maquillar a todos los visitantes que llegaban a ese punto de encuentro. Los amigos caminaron felices hacia ellos. Los elfos les trazaron a todos líneas blancas en la cara, desde la frente hasta la garganta y detrás del cuello hacia abajo; incluso a Ébano, en su forma caballo, le trazaron líneas sobre el hocico y el lomo. Les hicieron prometer que entraban al festival con amor y nada más que amor.

Corsa moría de curiosidad, quería saber qué estaba pasando y en realidad no tuvo que esperar mucho para saberlo, pues en el momento en el que vio a una de las grandes pelotas explotar repentinamente todo se le fue aclarando. De adentro de la esfera brotó una gran cantidad de polvo que comenzó a volar alrededor de todo el lugar. No era polvo, eran esporas. ¡Claro! Por eso le llamaban festival de las esporas. Al poco tiempo todos los demás frutos comenzaron a reproducir el mismo acto, todos explotaban. Algunos elfos incluso los pateaban para propiciar el estallido. La gente estaba eufórica, corría por todos lados, mientras el cielo se nublaba por las millones de esporas liberadas. Eran tantas esporas que comenzaron a acumularse como nieve; se aposentaban sobre las ramas de los árboles, mientras que el mundo se teñía de blanco. Todos se encontraban blancos de pies a cabeza.

Corsa se empezó a sentir muy feliz y al parecer no era el único, pues Ébano relinchaba de emoción, mientras que Alysa gritaba exaltada. Todos reían a carcajadas, mientras jugaban guerras de esporas y se aventaban bolas de polvo blanco que teñían su piel y su ropa. Al poco tiempo, entre la multitud blanca, encontraron a Antu y a Elros, que se encontraban en las mismas condiciones. Todos reían y sentían una felicidad inexplicable. En medio del bosque algunos elfos daban vueltas, otros hasta bailaban entre las esporas. Entonces comenzó la música.

—¡Increíble!¿Cierto? —. Le gritó Alysa a Corsa.

—¿Qué está pasando? ¿Porqué me siento tan feliz?— Le preguntó Corsa casi llorando de emoción.

Alysa rió descontrolada. —El festival de las esporas es el año nuevo de Ámber. Cada año prometemos abrazar el nuevo año con puro amor y soltamos todas nuestras tristezas y malas experiencias. Las esporas coincidentalmente explotan este día para recordárnoslo. Éstas contienen sustancias que elevan el cuerpo al éxtasis y es por eso que te sientes así tonto—. Le dijo Alysa con una sonrisa tan grande que parecía anormal.

Era tanta la conmoción que no se percataron de que sus pies casi no tocaban el suelo. De pronto, ya no era suficiente jugar guerras de esporas, así que comenzaron a aventarse hacia el aire, pero sin caer hasta el piso. Alysa nadaba en el aire, mientras que Antu le jalaba los pies. Todos depuraban lo malo del año para comenzar nuevamente abriendo camino a la risa y a la felicidad. Era un espectáculo de sensaciones.

De pronto, y casi como si no pudiera controlarse, Corsa estalló cantando tan fuerte que provocó que varios frutos explotaran. Todos lo miraban porque no sólo escuchaban el sonido más angelical brotar de su garganta, sino que Corsa se había puesto a bailar al son de la música, como si lo movieran lentos y suaves impulsos eléctricos. Ébano, ahora hecho hombre, lo contemplaba anonadado y por un momento recordó a Cora bailando a la luz de la fogata: La misma forma de moverse, de agitar el pelo, de suavizar la dureza de los huesos. Pasó un momento capturado por la escena hasta que cesó el canto y su fantasía, entonces vio cómo docenas de elfas desinhibidas acorralaban a su amigo, todas demandando su atención. De pronto Ébano escuchó algo y giró para ver a una elfa que le hablaba. Era Aria, él no la conocía formalmente, pero Alysa le había contado de ella. Por su forma de mirarlo y sonreírle, comprendió que llevaba ya un tiempo ahí parada. Él sonrió devolviéndole la amabilidad, esperando retirarse, pero eso lo tomó ella como una oportunidad y se le acercó aún más, sujetándolo por la cintura. Era obvio que Aria se sentía atraída por Ébano. Ansioso, miró de nuevo a Corsa y vio que se encontraba en la misma situación. Se disculpó rápidamente y sintiendo su corazón vibrar, corrió para convertirse en la magnífica bestia obscura que absorbía los rayos del sol. Galopando en el aire se dirigió velozmente hacia Corsa, abriéndose camino entre las elfas. Corsa, como si estuvieran sincronizados, abrió sus brazos para sostenerse de la bestia en movimiento, que lo acababa de recoger en su lomo. Ébano extendió sus magníficas alas negras y, en un abrir y cerrar de ojos, ambos se elevaron por el cielo, dejando múltiples suspiros en el blanco festival.

El cielo se convirtió en un mar diferente al que conocía Corsa. En aquel misterioso océano nadaron ellos, ensuciándose de colores amarillos, naranjas y rosas, que iluminaban todo el firmamento. Las nubes se comportaban como arrecifes aéreos, llenos de vida y calor. A pesar de los fuertes rayos que acariciaban sus pieles y cegaban sus miradas, el frío viento se estampaba contra sus caras, dirigiendo la independencia de sus cabelleras. Ambos sonreían sintiendo el viento secar sus bocas. Fue entonces, cuando miraban hacia el brillante sol de oro, que Corsa sintió miedo, miedo de volar con Ébano. Todo ese viaje parecía adquirir nuevos significados, los malos recuerdos de estar en tierra firme se habían ido y lo que parecía ser temporal, ahora en año nuevo parecía dudoso. Quizá la misión de salvar a Kaia le había traído un destino distinto, y tal vez, sólo tal vez, una decisión muy difícil: No regresar a Atlántida.

Ébano volaba como un colibrí dejándose caer al vacío y planeando con sus alas en el viento, después las volvía a agitar unas cuantas veces para regresar con facilidad a lo más alto posible. Parecía que tenían las estrellas a su alcance, pero Corsa se sujetaba de su melena con terror y con gritos ahogados le pidió que regresaran. Ébano lo llevó al castillo. A pesar del suave aterrizaje, Corsa bajó temblando del unicornio. La bestia se transformó y se disculpó apenado, como si le hubiera hecho algún daño. Ébano no entendía nada y aún así se sentía mal. Corsa, sin siquiera mirarlo, caminó hacia el interior del castillo deseándole buenas noches; esperó a oír sus pasos alejarse y se asomó desde la puerta para ver a un triste Ébano retirarse hacia casa de Alysa. Le miró la espalda unos minutos con nostalgia, asegurándose de que estaba lo bastante lejos y sin poderlo controlar más tiempo, se soltó a llorar, cayendo de rodillas en la puerta, sollozando solo desconsoladamente, pues no hay peor sensación que la incertidumbre del corazón.

Al día siguiente todos se reunieron en casa de Alysa y Elros. Su hogar era una delicia, con aroma a flores y una sensación de mucho amor en cada habitación. Elros y ella parecían muy felices, a cada rato se hacían reír el uno al otro. Todo era muy divertido en Ámber, como si fuera una ciudad apartada del mal. ¡Pero qué equivocados estaban! Ninguno de los amigos sabía de la maldad que iba pudriendo la tierra y del odio que estaba por llegar.

Corsa descansaba en la comoda sala, mientras que Antu los hacía reír tanto que les dolían las costillas. Platicaban de viejos tiempos, de cómo Corsa un día había descubierto a Antu jugandose bromas a sí mismo. Los tres reían a carcajadas, mientras Elros y Alysa recolectaban frutos del huerto para hacer la comida. Estaban muy contentos hasta que escucharon un golpeteo fuera de la casa. Salieron todos a ver qué pasaba, incluso Corsa cojeando y apoyado en Elros. Afuera vieron a un hombre subido en unas escaleras clavando un póster en un árbol. Se acercaron lentamente y vieron que contenía el dibujo de una sirena y un texto que decía: "Gran recompensa por atrapar a una sirena viva."

Alysa de inmediato se indignó y comenzó a gritarle al pobre muchacho.

—¿Cómo se atreve a maltratar estos árboles sagrados? ¿Quién se cree que es usted? ¡Le pido que remueva esas porquerías de inmediato!

—Lo siento nena, son órdenes de la Reina—, dijo el muchacho apenado.

¿De la Reina? ¿Para qué querría su madre a una sirena?, pensó Alysa. Todos estaban muy confundidos, por lo que Corsa pensó que tal vez ya era tiempo de decirles el motivo de su regreso. Estaba a punto de hablar cuando Alysa, repentinamente, vomitó un montón de sangre en medio de todos. La pobre los miró desconcertada, mareada y sin previo aviso, se dejó caer sobre Ébano.

Elros de inmediato la llevó cargando al Palacio. Ya había vomitado antes, pero nunca sangre, algo terrible estaba pasando. La llevó a la enfermería y le pidieron que se retirara.

Alysa estuvo dentro un par de horas en lo que le realizaban pruebas médicas elfas. Éstas eran muy sabias y consistían en preguntarle al cuerpo qué era lo que tenía por medio de un mecanismo en los pies. Cuando le preguntaban acerca de algún virus o enfermedad, si la respuesta era afirmativa, la pierna se encogía hacia arriba, aunque el paciente estuviera inconsciente.

Al despertar se encontró dentro de una habitación familiar, era donde curaban a Corsa todos los días. Miró a su alrededor y vio una camilla con un enfermo y a una enfermera silenciosa. Ella le sonrío y la miró con cierta empatía, pero Alysa la percibió como lástima. Ahora estaba segura, pensó. La verdad era que la regla se le había retrasado un par de meses, ya no podía negarlo más, le diagnosticarían un embarazo. ¿Qué haría con un bebé ahora?

—Pequeña, lo que voy a decirte no es nada fácil y no hay una forma propia de decirlo para aligerar las palabras—, comenzó la enfermera—. Tienes cáncer, lo llevas en la sangre desde hace ya un tiempo.

—¿Qué? ¿No estoy embarazada? —. Preguntó atónita.

—No, no lo estás—. Respondió apenada la enfermera.

—No entiendo, ¿cómo que cáncer?—, preguntó Alysa confundida.

—Se llama Leukemia. Lo siento, pero la verdad es que no podemos curarlo—, respondió la enfermera con un notable pesar en sus palabras.

Alysa permaneció inmóvil, tenía que estar bromeando, eso no era posible. Tenía millones de dudas.

—¿Cuánto tiempo me queda?—, preguntó.

—Tal vez un año si te cuidas bien—, respondió la enfermera.

—¿Y lo menos?—, preguntó Alysa sintiendo cómo la saliva se evaporaba dejando su boca seca como el otoño.

—Un par de días.

Alysa sintió como si le hubieran aventado encima una cubeta de agua helada. Quería llorar, gritar y desahogarse, pero en vez de eso no hizo nada, simplemente se quedó mirando el techo con una expresión vacía. La enfermera se paró, entendiendo que deseaba estar sola y se dispuso a caminar hacia la puerta, cuando Alysa habló:

—Por favor, no quiero que nadie sepa de esto.

La enfermera la miró sonriente y le guiñó el ojo antes de salir.

Los quejidos de su compañero de cuarto llamaron su atención. Alysa lentamente se giró para verlo y horrorizada, descubrió que era la última persona a la que quería ver en ese momento. Aria la miraba desde la otra camilla sin decir nada. Esto era demasiado, encima de todo, ¡tenía ahora que compartir este dolor con la única persona que se regocijaría de aquella noticia!

—¿Qué quieres Aria? ¿Me querías fuera no?—, de pronto se le quebró la garganta y no pudo contener más el llanto—. Lo conseguiste Aria. Me iré para siempre—, susurró con el corazón roto.

Aria se paró de la cama y caminó hasta ella, tomó el florero que se encontraba a su lado y sin previo aviso arrojó el agua que contenía a la cara de Alysa.

—¡Qué estás haciendo!—, le gritó Alysa enojada.

—¿Qué estoy haciendo yo? ¿Qué estás haciendo tú? Alysa, ¿sabes por qué te detesto tanto? ¡Porque eres mi ídolo! Eres mi inspiración, eres todo lo que alguna vez quise ser que me fue negado. Eres libre, no necesitas de ninguna aprobación, ni siquiera la de tu raza, y logras ser feliz donde sea, por razones verdaderamente hermosas.

Alysa estaba cada vez más confundida, ¿acaso Aria se había vuelto loca?

—Déjame en paz Aria, necesito llorar esta pena—, le contestó irritada Alysa.

—¡Por supuesto que no! Te sobrepondrás a esto como siempre lo haces y saldrás dé esta habitación con la cara en alto. Tal vez no te queden muchos días, pero los días que queden los harás valer cada uno de ellos. Además no puedes dejar que Elros se dé cuenta, le romperías el corazón y arruinarías la corta estancia que te queda a su lado.

De pronto lo que decía Aria hacía sentido. Tenía razón, tenía que ocultarlo y disfrutar de Elros y sus amigos, incluso Corsa estaba aquí con ella.

Enseguida entraron todos los demás, se veían preocupados y francamente desorientados de encontrar a Aria ahí dentro.

—Amor, ¿qué te pasó? ¿Qué te diagnosticaron?—, preguntó Elros exaltado.

Alysa no sabía qué decir, lo que acababa de decirle Aria era cierto, pero no sabía si podía mentirles, trataba de explicarles cuando Aria la detuvo y habló con su sarcasmo de siempre. —¿Porqué la preocupación Elros? Es tan sólo una infección, si tuviera un estómago elfo, tal vez se enfermaría menos, pero no lo tiene.

Alysa pensó que sería difícil mentir, pero se sorprendió de qué tanto podía actuar con ligereza en un momento de profunda tristeza. Aria tenía razón, ella siempre superaba cualquier situación y ésta no era diferente a las demás.

—Es una infección amor, es del estómago, tardará en curarse, pero todo estará bien—, contestó con una gran sonrisa mientras se paraba de la camilla.

Todos se sintieron aliviados, cuando inesperadamente Aria se abalanzó sobre Alysa. Naturalmente pensaron que la atacaría, después de todo era Aria, pero para su sorpresa Aria la abrazaba fuertemente.

—Te odio—, le dijo Aria antes de soltarla.

Después dirigió su atención hacia Ébano, lanzándole una mirada coqueta y luego se retiró sin decir más. Era obvio que todos se preguntaban qué acababa de pasar, así que Alysa se adelantó a todos.

—Es taaaan rara—, dijo y agitó su pelo para distraer la atención, logrando su cometido, ya que Corsa de pronto recordó en qué se habían quedado.

—Niños, tenemos que hablar—, les dijo él seriamente.

Todos voltearon a mirarlo ansiosos. Alysa optó por evadir su reciente plática con la enfermera, había cosas más importantes que resolver, pensó. El cartel que habían puesto sobre la sirena era muy inusual, nadie debía saber que a su amigo le crecían escamas con el agua, nadie. Ahora más que nunca temía por la vida de Corsa.

Alysa se paró de la cama como si no le doliera nada y salieron del hospital. Corsa los condujo hacia la biblioteca real y pidió entrada para todos. El conocimiento no era restringido en Ámber, pues todo el que ansiara sabiduría era bienvenido. Era el lugar ideal para convocar una reunión secreta, no sólo porque era un lugar solitario, sino porque era un lugar sellado y sus pasillos funcionaban como laberintos en los que uno podía perderse varios días.

Lo siguieron lentamente hasta un oscuro pasillo. Casi no podían ver nada más que lo que la vela que llevaba Corsa iluminaba. Fue ahí, en medio de la oscuridad, donde reunió a los cuatro y comenzó.

—Alysa, Elros, hay algo que debemos decirles.

—¡Kaia está en peligro!—, gritó Antu angustiado, arruinando por completo la sutileza.

Corsa lo miró con enojo. Alysa reaccionó exactamente como Corsa no lo hubiera deseado: Estaba furiosa.

—¿Cómo pudieron? ¿Desde cuándo saben esto? ¿Por qué no nos habían dicho nada? ¿Así que por eso abandonaste Atlántida?—, hablaba rápidamente.

Corsa y Antu intentaban responder a sus preguntas, pero no podían, pues Alysa no les dejaba decir palabra alguna. A diferencia de ella, la reacción de Elros fue distinta, no dijo nada, tan sólo se entristeció en segundos, como si su luz se hubiera apagado. Él adoraba a Kaia, era su mejor amiga.

Alysa continuó regañando a Corsa y a Antu, y ganas no le faltaron de hacerlo también con Ébano, pero logró tranquilizarse después de un rato y los dejó hablar.

—Pues no estamos completamente seguros de que esté en peligro, pero cuando estaba en un baile en Atlántida sentí cómo la torturaban—, explicó Corsa antes de ser interrumpido por Antu.

—Las sirenas no bailan Corsa. ¡A menos que tengan un pez disco!—, dijo Antu graciosamente esperando a que todos se rieran, pero Alysa lo fulminó con la mirada y comprendió que no era el momento.

—El caso es que no sé dónde está. Escuché a un pirata decir que había entregado un hada a *Lilev*—, continuó Corsa antes de volver a ser interrumpido por Antu.

—Oigan.

—Antu, por el amor de Gaea, ¡por favor cállate!—, gritó Alysa.

Corsa continuó:

—Si tan sólo tuviéramos otra pista. Porque no estamos seguros de que sea Kaia de quien hablaban.

—Oigan—, volvió a decir Antu y todos lo voltearon a ver amenazantes—. Yo sé algo también, Kaia no está en Gaea, fui y me lo dijeron. Además, no es la primera vez que desaparece un hada—, dijo Antu en voz baja—, Magda fue la primera.

—¿Por qué no lo dijiste antes?— le preguntó Alysa severamente, mientras que Antu abría su boca asombrado.

—¿Cuándo fuiste a Gaea? ¡Olvídalo! ¿Quién es Magda, Antu?—, preguntó Alysa ansiosa.

—Pues es un hada—, contestó él más seguro esta vez—. Magda lleva siglos desaparecida y nadie le ha visto.

—Pero, ¿quién puede asegurarnos de que no está muerta? ¡Dios mío Antu, han pasado siglos!—, le contestó Alysa algo molesta.

—Baby, las hadas no son iguales a ninguna otra raza. Ellas no mueren, reencarnan en su propio cuerpo. Existen formas de matar a las hadas, formas despreciables, y si una de ellas muere, todo el mundo lo sabría. Las hadas entrarían en luto y anunciarían que un día del año acaba de morir, toda la gente y criaturas que hubieran nacido en ese día desaparecerían, como si nunca hubieran existido—, dijo Antu tranquilamente.

—¡Claro! ¿Por qué no lo pensé antes?—, gritó Corsa que ya sabía esto de antemano porque Kaia se lo había contado—. Magda y Kaia podrían estar juntas. ¡Si encontramos a Magda, encontraremos a Kaia, o al revés!

—Así que ahora estamos seguros: Kaia está presa junto con Magda y como en Gaea no la han visto, lo más seguro es que los piratas sí la hayan atrapado y ahora esté en manos de *Lilev*. Sólo nos falta saber, ¿dónde se encuentran?—, dijo Corsa atando cabos.

—Debemos encontrar a la tal *Lilev*—, dijo Elros hablando por primera vez desde que entraron en la biblioteca, firme y decidido, pues no dejaría a Kaia sola en agonía.

Acababa de hablar Elros cuando oyeron un ruido a un costado del pasillo. Todos miraron hacia el origen del sonido y en la oscuridad pudieron observar que algo se acercaba hacia ellos. Esperaron estáticos hasta que distinguieron una figura de un elfo. Era alto y de edad avanzada, vestía ropajes largos de seda fina color verde esmeralda, su pelo era blanco, lacio y le llegaba a la cintura en una elegante trenza. Era uno de los sabios elfos reales de la ciudad. ¿Los habría escuchado? ¿Por qué se encontraba en la oscuridad?

—Mi nombre es Aegnor. Me he quedado sin luz, les agradezco enormemente que hayan estado aquí, de lo contrario quién sabe cómo hubiera logrado abandonar este laberinto— dijo y les mostró los restos de su vela. Nadie dijo nada, estaban demasiado nerviosos como para contestar. El sabio continuó—, Saben, esta biblioteca es un caos oscuro porque así es la verdad misma. Para encontrarla, hay que encontrar la luz en medio de la obscuridad, encontrar el camino en medio de la incertidumbre. Me parece que lo que buscan es esto.

El viejo tomó un antiguo libro que estaba muy alto, casi escondido sobre una de las repisas y se lo entregó a Elros. Él tomó el libro y lo sacudió un poco, estaba lleno de polvo, hacía años que nadie lo hojeaba. Aegnor continuó caminando elegantemente hacia lo que tal vez sería la salida, pero antes de desaparecer de su vista dijo:

—Bienvenido a Ámber, joven tritón.

Todos quedaron boquiabiertos, les había escuchado todo. ¿Qué harían ahora? Tal vez era hora de huir. Estaban todos alarmados, cuando Elros les dijo:

—¡Miren!—, y les mostró el libro que acababa de limpiar con su antebrazo, el título decía *Apolo y la profecía de la sirena*—. ¡Nos está ayudando!—, les dijo y todos se tranquilizaron un poco, a excepción de Corsa.

Rápidamente Elros ocultó el libro bajo su ropa y como si todos estuvieran pensando lo mismo, cada quien caminó en diferentes sentidos tratando de mostrar la menor complicidad posible. Ébano caminó por los pasillos y esperó a que todos salieran para ser el último. Nervioso, se dirigía hacia la salida cuando sus ojos pasaron por un título que le llamó la atención. Se detuvo frente a él y sacó el libro que decía "Sirenas." Indeciso de qué hacer con él, lo llevó a una de las mesas de la biblioteca y comenzó a leer bajo la luz de las velas:

"Sirenas, las criaturas más feroces de la tierra. Dotadas de una gran belleza e indudable astucia, las sirenas son la raza más peligrosa que existe. Afortunadamente viven lejos de tierra firme, en un lugar llamado Atlántida. Rara vez lo abandonan, a no ser por casos extremos, pero incluso si decidieran dejar su tierra, es excesivamente difícil para ellas atravesar al otro lado. Esto se debe a los climas extremos y cambios de presión tan fuertes. Las pocas sirenas que se han avistado a través de los siglos han llegado casi moribundas a tierra firme y bajo amenaza, todas se han convertido en monstruos especializados en la caza de cualquier especie."

Ébano se detuvo, ya no estaba seguro de si quería saber más de la naturaleza de Corsa y su hermana, parecía que el libro hacía referencia a criaturas completamente diferentes a las que él conocía. Descartando el libro, salió de la biblioteca y se dirigió hacia casa de Alysa y Elros, probablemente ya sólo lo esperaban a él para hojear el libro.

CAPÍTULO 14

APOLO

C asi había entrado Ébano a casa de sus amigos cuando Aegnor lo interceptó en el camino.

—Muchacho espero no molestarte, si pudieras entregar este pergamino a tu amigo Corsa estaría muy agradecido.

Ébano tomó el pergamino algo dubitativo y entró a la casa donde efectivamente todos lo esperaban. Entregó el papel a Corsa y él nerviosamente lo abrió para leer su contenido en alto.

—Querido compañero tritón, en mi experiencia de toda una vida, nuestros amigos los tritones y las sirenas han venido a nuestro mundo en busca de diferentes cosas y siempre han sido agredidos. Me gustaría que esta vez fuera distinto el viaje para usted, por lo que le ofrezco mis servicios y los de mi pueblo para ayudarle a continuar su destino sin que tenga que sentirse amenazado. Me comprometo a siempre ayudarlo en su necesidad hasta que retorne a su tierra. Espero con más calma podamos mañana platicar y poder presentarle al gran árbol de laurel. Lo ha estado esperando—. Leyó Corsa e inmediatamente agregó—, está firmado por Aegnor y manchado con lo que parecer ser sangre.

—No está manchado tonto—, le dijo Elros—, es la firma sagrada. Cuando alguien se compromete a algo y lo firma con sangre, se compromete a cumplir el trato, de lo contrario sufre la muerte o alguna clase de maldición terrible—, explicó Elros.

—¿Según quién?—, preguntó Corsa escéptico.

—Cuando firmas con sangre tu cuerpo es el que sella el contrato, no tu palabra, por lo que su incumplimiento trae consecuencias fatales—, continuó Elros. —Por cierto, ¿a qué crees que se refería con que el gran árbol te ha estado esperando?

Corsa levantó sus hombros haciéndole entender que no sabía de qué hablaba, estaba fascinado por los contratos de sangre y quería seguir preguntando, pero Alysa estaba ya desesperada por continuar su reunión; así que levantó el libro que se habían robado y comenzó:

—Este libro debe tener por lo menos 100 años, las páginas están tan sucias y frágiles—, dijo Alysa abriendo el libro.

Las cortinas estaban cerradas, pero eso no impedía que la luz del ocaso se filtrara a través de ellas. La luz naranja iluminaba el interior de la casa y una inquietud palpable se respiraba en la atmósfera. Eran los últimos minutos del día, Alysa tomó el libro y comenzó a leer la primera página:

—Cuidad de sí mismo y de sus pequeños, pues *Apolo* estad libre y ser implacable—. Giró la página y continuó—, *Apolo*, asesino de su único amor y cómplice, *Lillith*, es la maldición de las tierras. El monstruo ha traído la enfermedad y la desgracia sobre los hombres.

—Creí que la desgracia y la enfermedad las había traído la gran tragedia—, interrumpió Corsa.

—No, miren lo que dice aquí—, continuó Alysa—. Disfrazado de raza humana, ha de agredir a todas las razas. Llevado por el odio, la venganza y su constante anhelo de inmortalidad, *Apolo* llevó a los hombres a matar la raza pura: Los Unicornios.

Alysa se detuvo y todos voltearon a ver a Ébano, sus manos apretaban fuertemente sus rodillas y su mandíbula estaba cerrada con una brutal fuerza. Ébano era de un carácter ligero y difícilmente se enojaba, pero ésta vez era la excepción; el último unicornio tenía la mirada perdida en su dolor. Tal vez le enojaba poder finalmente encontrar un culpable a la muerte de su vasta familia, o tal vez estaba enojado consigo mismo por haber confiado en los piratas ahora que sabía que trabajaban para ese monstruo. De cualquier manera, no importaba lo que pensara, sino lo que estaba sintiendo. Corsa sintió una profunda tristeza de verlo tan desdichado e, interrumpiendo su coraje, lo abrazó fuertemente. Ébano comenzó a gritar invadido por

CORA DE REGRESO EN TIERRA FIRME

un odio que jamás había podido liberar; toda su vida había huido de sus sentimientos, de su propia historia y ahora ésta lo encontraba a él. Intentó zafarse, pero Corsa no cedía y nadie hacía nada más que observar la escena; Alysa incluso se tapaba la boca con ojos llorosos, todos sintiendo una gran empatía por su nuevo amigo.

—Suéltame, ¡imbécil!— Gritaba Ébano, tratando de pegarle desde su abrazo—. Tú no eres mi amigo, eres como todos, ¡asesinos! Asesinos. Ase...—Y se le quebró la voz.

Eventualmente el forcejeo comenzó a desistir, acompañado por un inconsolable llanto. Esta vez ya no intentaba liberarse, sino que ahora él también abrazaba a Corsa. Ahí esperaron todos a que se detuvieran las lágrimas, ya no sólo las de Ébano, puesto que todos ahora se encontraban muy conmovidos y no lograban ocultarlo. Finalmente, la oscuridad llegó y Alysa se paró para encender una vela. Ébano poco a poco encontró la serenidad, miraba hacia el piso y aunque no volteaba a mirar a sus amigos, podía sentir la sonrisa de éstos sobre él, apoyándolo y llenándolo de esperanza.

—Debemos detenerlo—, dijo Ébano finalmente, levantando la mirada.

El cuarto estaba iluminado por la única luz proveniente de la vela. Alysa, decidida, continuó leyendo. Ya todos sabían que no había vuelta atrás en la travesía que estaban comenzando.

—*El monstruo* ha estado en el mundo desde el principio de los tiempos. A pesar de que nació casi humano, jamás quiso serlo. Para evitar el envejecimiento y alcanzar la inmortalidad, *Apolo* comenzó a beber sangre humana, bebiendo los años restantes de sus víctimas. Pero la inmortalidad no lo es todo, también el poder lo ha corrompido y en su búsqueda lo intentará todo. Afortunadamente, al beber la sangre de los seres puros atrajo una gran maldición sobre él. Misma que algún día lo terminará, como lo hizo sobre tantos de la raza humana. Pero su deseo de venganza es mucho más grande que sus otros instintos, por lo que debe ser detenido, *El monstruo* tratará de deshacerse de todas las razas fantásticas y no fantásticas del mundo.

Alysa se detuvo, el cuarto extrañamente se iluminaba, era como si los rayos naranjas del sol volvieran a asomarse a través de las cortinas. Todos miraron hacia la ventana, ¿qué estaba pasando allá afuera? La luz naranja se tornó amarilla y brillante, nadie se movía, ¿habría resurgido el sol? Entonces escucharon la campana, seguida por algunos gritos, primero unos cuantos y después muchísimos más. Se apresuraron a abrir la puerta y con gran sorpresa descubrieron que su hermosa ciudad estaba en llamas.

Los elfos gritaban con pánico y corrían por todos lados. No estaban solos, habían llegado los invasores, guerreros malditos que arrasaban todo con sus espadas y sus flechas encendidas. En el cielo había alguien o más bien algo que volaba como una gran sombra fúnebre. Fuera lo que fuera, estaba plagado de esas cosas y, a pesar de los gritos, se podían claramente escuchar sus aleteos escalofriantes.

Elros corrió a su cuarto y salió con una gran espada listo para usarla; Alysa lo siguió tomando su arco de la sala, mismo que le había regalado Antu el día que se conocieron. Éste, hecho de madera del Bosque Encantado, le traería buena fortuna, según decían, y hasta ahora así había sido. Ojalá no le fallara esta noche. Alysa miró al antiguo árbol mientras se recogía y sujetaba el pelo con los palillos que había comprado en el mercado. Si Antu salía... No, no debía salir, pensó, y decidió que no podía dejarlo ir a luchar, pues jamás sobreviviría. Rápidamente, levantó el tapete de la habitación que cubría una puerta secreta sobre el piso, tomó a Antu de la mano y lo llevó adentro a esconderse.

Ébano, mientras tanto, había salido ya a su encuentro con un malvado guerrero y de un golpe lo había derrumbado. Tomó su espada y miró a Elros, ya no quería huir, estaba listo para luchar. Corsa debía hacer algo, debía ayudar de alguna manera, tomó un cuchillo de la cocina y al salir vio con angustia que todos estaban peleando: Ébano entre puñetazos y espadazos noqueaba a varios de un golpe; Elros iba por los más grandes, con su destreza y agilidad, se movía como un acróbata con armas: Saltaba, rodaba y daba maromas, sus contrincantes caían muertos sin poder siquiera rasguñarlo. Alysa lanzaba flechas con una gran velocidad, nadie podía acercarse a ella a un rango de dos metros, pues había una flecha atravesándolos cada vez que lo intentaban. Corsa intentó correr y con horror vio a un enemigo sigiloso en los pies de Alysa. Cojeó hacia él, pero era demasiado tarde, él ya tomaba el arco con una mano y levantaba a Alysa por el cuello con la otra. Nadie se dio cuenta más que él, así que saltó y se aventó hacia el enemigo con todas sus fuerzas. El cuchillo que llevaba en la mano ahora se encontraba en la espalda del invasor. El guerrero gigantesco soltó a Alysa y se arrancó el cuchillo de la espalda, no parecía afectado o adolorido, era como si fuera invencible y sin duda, estaba furioso. Rápidamente perdió el interés por Alysa y se dirigió hacia Corsa, viendo que el pobre cojeaba para alejarse de él, lo pateó con una fuerza atroz en las costillas. El tritón cayó al suelo con gran dolor. Éste es el final pensó; el dolor era ensordecedor y lo último que vio fueron los pasos de su cazador yendo hacia él.

Elros, ya fuera por destino o suerte, miró lo que estaba pasando y con un ágil movimiento arrojó su espada justo en el pecho del gigante hombre que estaba a punto de matar a su amigo. Alysa estaba en el piso también, recuperando el aire que le faltaba. Elros sabía que no podían estar ahí ellos dos o morirían. Tomó el hombro de Ébano y le pidió en secreto que se los llevara. En seguida corrió hacia Alysa y le gritó alarmado:

—¡Debemos irnos amor!

—¡No! Elros, están destruyendo nuestro hogar, debemos luchar—, le respondió ella furiosa, pero aún recuperando el aire.

—Alysa, si nos quedamos él morirá—, y miró a Corsa mientras hablaba.

Alysa comprendió que debían irse. Ébano ya se encontraba a su lado convertido en magnífico unicornio oscuro de majestuosas alas, así que ella montó sobre él sujetando a su amigo Corsa delante de ella. Cuando estaban listos miró a Elros para que se apresurara a montar, pero de pronto él dijo:

—Te amo, Alysa—, y le dio una nalgada al caballo para que emprendiera el vuelo.

—¡Noooooooooo!—, gritó ella desde el unicornio que volaba tan rápido como podía.

Ébano intentó durante varios minutos abandonar la ciudad, hasta que vio lo que parecía ser una enorme mariposa descender sobre él. Lo estaban persiguiendo. Eran insectos enormes con forma de arañas y alas transparentes como las de las libélulas. Enormes palomillas peludas y asquerosas lo perseguían por el oscuro cielo, no podría salir de Ámber. Voló en picada hacia el Palacio y aterrizó en el jardín real intempestivamente, cayendo los tres sobre las flores. Corsa rodó inconsciente varios metros por el impulso, pero no había tiempo que perder. A pesar de que lloraba incontrolable, Alysa se paró temblorosa y cargó a su amigo sobre sus hombros. Miró a Ébano y le imploró:

—Te lo ruego, no lo dejes morir.

Ébano abrió sus alas golpeando varios árboles, miró al cielo, se inclinó y de un salto se lanzó al firmamento, lejos del castillo. Alysa lo miró unos instantes, deseándole toda la suerte del mundo y luego se apresuró hacia adentro. Debía esconder a Corsa, no podían encontrarlo y menos tan indefenso. Abrió una puerta de madera y vio unas escaleras de piedra. Comenzó a bajarlas difícilmente, pues Corsa no reaccionaba y pesaba bastante. Las escaleras iban en espiral y, aunque no sabía qué había debajo, Alysa pensó que definitivamente era mejor que lo que lo que estaba pasando arriba. No había ventanas y las paredes eran angostas, varias antorchas iluminaban el camino. El dolor que sentía en la espalda era ya brutal en ese punto, pero no importaba, había cosas más importantes que hacer en ese momento.

Finalmente logró descender hasta el final de la escalera. Allí encontró una nueva puerta de madera muy ancha y pesada. Intentó con rapidez abrirla, pero la puerta estaba cerrada. Para su mala fortuna, un ruido había estallado justo arriba, los invasores habían penetrado al castillo, debía apurarse o serían presa fácil. Los elfos son muy sabios, pero jamás tan astutos como el humano, pensó mientras recordaba cómo logró escapar de Askar con la ayuda de su niñera. Hace mucho tiempo que no lo intentaba, pero esa era su única salida. Alysa se soltó el cabello, zafando los palillos que lo sujetaban y los metió ágilmente en la antigua cerradura. Estaba muy nerviosa, podía escuchar los pasos acercarse en cada momento y ella no conseguía burlar el cerrojo. Pronto bajaban por la escalera, estaban muy cerca. Alysa no lograba concentrarse, pensaba en Kaia y en Corsa, quienes morirían si no lograba salir de ésta. De pronto se oyó un click y la cerradura cedió. Jamás había estado tan agradecida por su compra en el mercado, esos palillos acababan de salvarle la vida. Tomó a Corsa y lo aventó silenciosamente dentro de la habitación. Mientras cerraba la puerta, alcanzó a ver un pie que descendía, con terror giró lentamente la cerradura y rápidamente volteó para ver dónde se encontraba.

Miró a su alrededor, la habitación estaba iluminada por una luz blanca, casi azul, que no podía provenir de las antorchas. Las paredes eran de piedra y el piso también, al centro había algo que parecía un gran tronco sumergido en agua luminosa. El tronco era ancho y tan alto que atravesaba el techo, pero ¿qué había en la habitación de arriba? Debía ser el jardín real, lo que significaba que el gran tronco que estaba viendo era en realidad el gran árbol de laurel.

De pronto se oyeron golpes del otro lado de la puerta, debían esconderse, pero lo único que había en la habitación era ese manantial mágico con el árbol al centro. Arrastró cansada a su amigo y lo metió junto con ella al pozo mágico. Aunque trataba de no hacer ruido, no había tiempo que perder. Asustada y sorprendida, vio por primera vez a su inconsciente amigo transformar sus humanas piernas en una gran cola de tritón. Sentía sobre ella las escamas y una enorme aleta bifurcada que se desenvolvía hacia lo profundo. Era increíble y aterrador al mismo tiempo, la criatura mítica que era su amigo le provocaba algo de miedo. Contemplaba su cola aguamarina cuando empezaron a derrumbar la puerta, debían esconderse y rápido. Se hundió jalando a Corsa hacia lo profundo y se metió dentro de las raíces, esperando que los invasores no se quedaran mucho tiempo en la habitación. Entonces los vio entrar, podía ver sus siluetas borrosas, pero para su desgracia, parecía que iban a quedarse por más tiempo del que ella podría resistir bajo el agua. Probablemente estaban contemplando el pozo mágico que le robaba la atención a cualquiera. Intentó tranquilizarse, pero el oxígeno se le agotaba. La angustia en su cuerpo crecía con cada segundo. Alysa empezó a agitarse de la desesperación, ya no podía aguantar más el aire, debía salir, pero sabía que si salía la matarían. Pronto eso dejó de ser importante, debía salir, dejaría a Corsa escondido, pues él era un tritón que no necesitaba respirar aire, ya que tenía branquias en su cuello. Un momento, pensó Alysa, ¡eso era! Tomó a Corsa entre sus manos y lo besó sin pensarlo dos veces, tomando el aire que le faltaba a sus pulmones. Corsa respiraba inconsciente bajo el agua y Alysa, por fortuna, podía respirar a través de él. Estaba funcionando, jamás los encontrarían, pensaba ella, cuando de repente cayó una mano ensangrentada y se hundió justo donde estaban ellos. Gritó del susto, liberando muchas burbujas que podían delatarlos, entonces escuchó que alguien gritaba su nombre, ¡era Elros!

Nadó velozmente fuera de las raíces, dejando a Corsa adentro, y salió a la superficie. Elros gritaba buscándola desesperado.

—¡Elros!—, gritó ella desde el agua.

—¡Alysa!—, contestó él mientras se aventaba al agua y la abrazaba, ella reía nerviosamente, por un momento creyó que no lo volvería a ver.

Estaba tan contenta de verlo que por un momento olvidó a Corsa. Juntos salieron del agua y fue entonces cuando Alysa se dio cuenta de que el piso estaba cubierto de cadáveres. Elros había matado a los enemigos que habían derrumbado la puerta.

—Ébano me dijo que estabas en el Palacio—, dijo apresurado—. Debemos irnos, ¡el gran árbol de laurel se está incendiando!—, gritó mientras corría hacia arriba por la escalera, jalando a Alysa de la mano.

—¡Espera! Corsa está adentro—, recordó ella.

Regresaron por él, pero era demasiado tarde, el castillo se derrumbaba, la entrada a la habitación donde se encontraba el tritón había sido bloqueada por el derrumbe. El Palacio se desmoronaba, debían salir. Elros jaló a Alysa y la obligó a correr hacia la salida; ya había perdido un amigo, no estaba dispuesto a perder a su amor. A pesar de que Alysa lloraba desconsolada, corría junto a él por lo que quedaba de los pasillos. Grandes piedras caían por doquier, había humo en las habitaciones y fuego en el jardín central. La esperanza de Ámber se extinguía junto con el gran árbol en llamas.

Finalmente lograron salir por una ventana que no estaba cubierta de humo. Al salir vieron con horror lo poco que quedaba del castillo derrumbarse justo detrás de ellos. No quedaron más que ruinas y las llamas del fuego asesino bailando alrededor del gran árbol.

Alysa lloraba, no podía creer que su amigo estaba atrapado ahí dentro y que su hermosa ciudad desaparecía con él. Ébano aterrizó a lado de ellos y se transformó en humano, los había estado esperando en el jardín durante todo ese tiempo. Miró a Elros sin entender dónde estaba Corsa, pero cuando vio a Alysa llorar comprendió que él no había logrado salir.

Corsa, por otro lado, se encontraba bajo las raíces del gran árbol de laurel, rodeado de aguas mágicas. De pronto escuchó en su interior una tierna voz que le decía:

—Corsa, me estoy yendo, debes cuidar de mis hijas, por favor ve tras Kaia y Magda. Yo te sanaré antes de marcharme, a cambio te pido que salves este mundo, que no lo dejes morir. Sé fuerte, pues viene una gran batalla. Te hemos estado esperando durante siglos para que sanes las tierras. Gana la batalla, mata al monstruo y no nos falles, pues tu derrota traería la muerte de todos.

Corsa abrió sus ojos y observó confundido que se encontraba bajo el agua, rodeado de raíces. El agua era luminosa y las raíces parecían ser de un gran árbol. No era un sueño, el árbol le hablaba. Miró su cola y se tocó las costillas, ya no le dolían. Quiso hacer preguntas, tenía muchísimas dudas, pero la voz ya no estaba en su cabeza. Salió a la superficie y vio la habitación hecha añicos. ¿Qué estaba pasando? ¿Dónde estaban sus amigos y dónde estaba él? Miró al árbol con un profundo agradecimiento y se apresuró a salir del agua. ¿Cómo saldría de ésta con su gran cola húmeda? La salida estaba sellada y tardarían horas sus escamas en secarse. Decidido, se tiró al agua de nuevo y nadó hasta el fondo; el agua luminosa comenzaba a apagarse. Con la luz que quedaba alcanzó a ver una rejilla hasta el fondo, era como del drenaje. La jaló con todas sus fuerzas hasta que finalmente la zafó; el agujero era pequeño pero podría entrar en él sin problemas. Se introdujo enrollando su aleta y con movimientos lentos, comenzó a nadar a través del canal. Estaba tenso y asustado, no sabía qué pasaba, pero nadó sin parar, hasta que desembocó en un río, era el río que rodeaba el castillo. Sin salir del agua, continuó nadando hasta que reconoció en el cielo una gran figura oscura, era su amigo Ébano, iluminado por el inmenso incendio. Salió del agua y comenzó a gritarle, hasta que vio que alguien más se dirigía hacia él. Era Aegnor, el pobre estaba herido y asustado. Llegó hasta él con dificultad y le gritó:

—¡Debes irte! ¡Regresa a Atlántida! ¡No es seguro para nadie que estés en tierra firme!

—Pero el árbol me habló, me dijo que matara al monstruo—, le contestó Corsa alterado.

—¡Si Apolo te atrapa será la perdición de todos! ¿No lo entiendes? Te hemos estado esperando para que nos salves, ¡pero no somos los únicos! ¡Él también te ha estado esperando! ¡Tú eres la clave para su destrucción o para su resurrección! ¡Vete!

Corsa no entendía nada. Haciendo caso omiso al viejo, se volteó para llamar nuevamente a Ébano, hasta que el hombre-bestia miró en su dirección. En segundos estaba sobre su lomo, sentado con la cola hacia un lado y la advertencia de Aegnor sobre su cabeza. No debía contárselo a nadie, ni siquiera a sus amigos. Volaron hacia donde estaba Elros, que seguía luchando junto con Alysa. Ébano estaba justo detrás de ellos, en medio de la lucha, cuando vislumbró una flecha perdida que se dirigía a toda velocidad hacia la mujer de su amigo. Aquellos segundos le parecieron una eternidad. Parecía que, aunque Ébano volaba velozmente, la flecha llegaría a su objetivo antes de que pudieran hacer algo. El destino estaba escrito, la muerte parecía inminente, cuando de pronto Alysa fue derribada por una aliada.

—¡Aria! ¿Qué estás haciendo? ¿Estás loca? ¿Por qué me tiras?—, preguntó aturdida Alysa—. ¿Aria?—, volvió a preguntar pero ésta no contestaba.

Fue entonces cuando vio la flecha perdida que había encontrado un nuevo objetivo: El corazón de Aria. Alysa no podía creerlo, rápidamente se esfumaba de Aira lo poco que le quedaba de vida, y ella estaba empapada en sangre. Era todo demasiado rápido y traumático como para procesarlo, pero debía ser fuerte, por lo menos este último momento, por ella, por la única amiga real que había tenido en Ámber. Se sentó y la acostó sobre sus piernas, le acarició la cara y el pelo, mientras trataba de ocultar el terrible miedo que la invadía.

—¿Me estoy muriendo?—, logró decir Aria mirándola a los ojos.

Alysa pensó en mentirle, pero ya no tenía sentido, ya nada tenía sentido.

—Sí—, le contestó—. Me salvaste la vida, ¿sabes? Irónicamente eres y siempre serás la mejor amiga que pude haber encontrado en Ámber—, dijo soltando una risa nerviosa acompañada de lágrimas.

—Alysa, haz que cuente—, le dijo Aria sonriendo y continuó—, cada instante haz que cuente, haz que todo haya valido la pena—, De pronto desvió su mirada hacia el fuego aniquilador, sonrió y dijo sus últimas palabras—, te odio, ¿sabes?

—Sí, lo sé—, dijo Alysa observando cómo su rostro se apagaba.

Estaba muerta, muerta sobre ella. De pronto se percató de que no oía nada de lo que estaba pasando, como si el tiempo se hubiera detenido para ella. Sintió cómo la cargaban y cómo su cuerpo se resistía al de Elros que luchaba para continuar abrazándola, pero él era más fuerte que ella. Tan solo le quedaba ese momento, lo único que podía conservar de Aria y ahora se lo arrebataban. Quería gritar y de pronto se dio cuenta de que ya lo estaba haciendo, sólo que no podía escucharse a sí misma, un zumbido fúnebre le llenaba los oídos.

Elros subió a Alysa detrás de Corsa y ésta se limitó a abrazar su espalda, mientras observaba la mirada de Aria alejarse. Le tomó un largo momento, pero finalmente se dio cuenta de a quién estaba abrazando, entonces el ruido y la desgracia regresaron a su cuerpo.

Corsa apretaba los brazos de Alysa contra él. Lo había observado todo y aunque se sentía apenado por la pérdida de su amiga, sentía más que nada un profundo agradecimiento porque ella estaba viva. Elros, mientras tanto, miraba boquiabierto hacia abajo, pues veía que las piernas de su amigo eran en realidad una gran cola de pez.

—Debemos llegar a Askar, es nuestra única oportunidad para salvar a Kaia y pedir refuerzos para Ámber—, gritó Alysa decidida a cumplir su promesa, aun sabiendo que esto implicaba regresar a casa y peor aún, enfrentar a su madre—. Ébano al llegar al Bosque Encantado debemos cruzarlo a pie, pues nadie puede volar sobre él—, gritó una vez más, guardándose su miseria.

Volaron primero hacia la casa de Elros y Alysa, pues les faltaba Antu para emprender el viaje, pero a medio camino notaron sorprendidos que las sombras en el cielo los estaban siguiendo. ¿Cómo lograrían recoger a Antu y escapar de las sombras al mismo tiempo? Apenas estaban distinguiendo el vecindario, cuando, horrorizados, se percataron de que las casas habían desaparecido, en su lugar un motón de escombros, testigos de la destrucción, se apilaban sobre el suelo.

Aunque nadie lo dijo, todos estaban pensando lo mismo: No había manera de que Antu pudiera haber sobrevivido a esa destrucción. ¡Demonios! El libro también lo habían dejado ahí, pensó Corsa. ¿Sin él cómo iban a descifrar qué estaba pasando? Estaban todos ensimismados en sus fúnebres pensamientos cuando de pronto, una gigante araña-palomilla peluda se aventó sobre ellos. Ébano, con un poco más de suerte que destreza, logró esquivarla y comenzó a volar fuera de ese infierno. Todos iban asustados y entristecidos, nadie comprendía en verdad qué pasaba. De pronto comenzó a llover. Miraron hacia atrás, esperando ya no ver nada, pero lo que vieron fue algo sorprendente, ahí estaba Antu volando sobre una de las asquerosas y malévolas palomillas de grandes ojos blancos y enormes colmillos. Iba emocionado, como si se tratara de un divertido juego, pero no era el único que venía detrás de ellos. Todo el grupo de gigantes demonios voladores se dirigía rápidamente hacia sus amigos, montado por los despiadados invasores. Los estaban persiguiendo, pero peor aún, ¡los estaban alcanzando!

De pronto Corsa escuchó algo familiar bajo la lluvia, ondas sonoras. En medio del caos entendió que los ojos de las peludas sombras no eran blancos sin razón, sino que estaban ciegas, ¡los seguían por medio de su sonar! Antu prácticamente ya los había alcanzado y los demás estaban a tan sólo un par de metros, debía apurarse con su teoría.

—Antu, rápido, ¡tápale los oídos a tu palomilla!—, gritó Corsa.

—¿Qué? ¿Cuáles son sus oídos?—, le respondió Antu.

—Antu, ¡ahora!—, gritó Corsa alarmado, al ver a un invasor intentando agarrar la cola de Ébano.

Entonces, Antu hizo lo que le dijo y sorprendidos, todos oyeron cómo Corsa emitía un fuertísimo sonar desde su garganta. Instantáneamente, todos los bichos voladores comenzaron a estrellarse unos con otros, todos menos el que montaba Antu. Corsa continuó durante un rato hasta que ya no se veía nada en el cielo.

CAPÍTULO 15

BOSQUE ENCANTADO

El sol llegó como una caricia fría e indiferente que apareció frente a ellos, mirándolos desde las montañas. Nadie decía nada. El cielo estaba despejado y la tierra árida cubría todo el horizonte. El silencio les recordaba la caída de Ámber y con ésta, la sensación de que todo estaba perdido, aumentaba. La esperanza se había extinguido entre las llamas de la destrucción, dejando en su lugar solo la incertidumbre de no poder sentirse seguros nuevamente. En nadie podían confiar; su única oportunidad era llegar a Askar con la esperanza de que la madre de Alysa, la gran Reina, quisiera ayudarlos. Alysa no quería pensar más en lo sucedido, sabía que no lograría funcionar si se enfrentaba al dolor que estaba sintiendo. Así que decidió mantener su cabeza ocupada recordando a su madre y a su antiguo hogar.

—¿Alysa? ¡Alysa, pon atención! Una princesa jamás desvía su atención, siempre sigue una conversación con elocuencia—, le decía su madre.

—Pero mamá, allá hay...—, intentaba contestar Alysa.

—¡Alysa! Una princesa jamás interrumpe y jamás discute. Siempre escucha, y cuando algo no le hace sentido tan sólo sugiere un cambio de opinión, jamás lo demanda—, le decía la Reina.

Alysa era tan sólo una niña que no lograba encajar en los estándares de su madre, sabía que era una princesa y que algún día sería Reina, pues no tenía hermanos, pero no era algo que ansiaba. Los deberes de una princesa eran largos y tendidos y francamente, dentro de todo ese mundo tan estricto, llegaba a sentirse muy sola e incomprendida.

Ese día que Alysa atisbó algo en el jardín, su madre se fue al castillo furiosa, porque de nuevo no lograba darle una lección a su hija, sin que ésta se distrajera o actuara inapropiadamente. Viendo a su madre alejarse, Alysa esperó un momento y después se acercó a los arbustos que acababan de moverse.

—Hola, mi nombre es Alysa, ¿tú quién eres?

El arbusto permaneció inmóvil un par de segundos y de pronto contestó:

—Mi nombre es Elros—, dijo un pequeño elfo mientras salía de detrás del arbusto.

Ambos sonrieron, era la primera vez que Alysa veía un elfo y tenía la sensación de que no sería la última.

Los gritos de sus amigos la despertaron de su ensimismamiento. Alysa de pronto sintió que el nudo de su estómago se movía rápidamente a su garganta. Confundida, volteó a su alrededor y se dio cuenta de que su pelo se erizaba, entonces comprendió que estaban cayendo en picada.

—¡Ébano, vuela!—, gritó Corsa.

El suelo se acercaba con rapidez y aunque todos caían, Ébano no reaccionaba. No fue hasta segundos antes de que se impactaran que el unicornio logró mover sus alas; era evidente que estaba sufriendo.

—Ébano, ¡vuela hacia atrás!—, gritó Corsa, pero el unicornio hizo caso omiso de sus instrucciones y apenas si logró aterrizar tirando a todos al piso.

Antu, que apenas los alcanzaba, descendió a su lado consternado.

—¿Qué ha pasado?—, preguntó confundido.

—Que no hemos podido volar—, murmuró Corsa viendo hacia el piso.

—¡Pero eso es imposible, aún no llegamos al bosque!—, gritó Antu, sin comprender lo que estaba tratando de decirle.

—Antu, lo siento mucho.

Corsa intentó abrazarlo, pero Antu lo rechazó, aventándolo a la arena del desierto.

—¡Esto no hace sentido!—, gritó Antu mientras caminaba, adentrándose en el desierto seguido por sus amigos.

—Antu, espera—, le dijo Corsa antes de perderlo y ver cómo el desierto se transformaba rápidamente en un bosque.

Miró a su alrededor alterado, sus amigos ya no estaban. Comenzaba a asustarse cuando de pronto escuchó a alguien gritar:

—¡Ahí está el tritón!

Corsa volteó en todas direcciones y vio a una multitud de guardias que lo perseguía. ¿Cómo había pasado esto? ¿Dónde estaban sus amigos? Comenzó a correr entre los árboles y a sentir un inmenso pánico que le inundaba su corazón. Debía escapar, ¿pero a dónde? Tal vez debía llegar al mar y no salir más, o tal vez jamás debió haber regresado. Perdido y abandonado, corrió tan veloz como pudo, lamentando por primera vez su naturaleza.

Alysa no entendía cómo había pasado esto, pero había llegado al castillo. ¿Acaso estaba soñando? O tal vez se había quedado dormida y la habían traído hasta acá; sí eso debía ser. Miró su alcoba e inmediatamente se dio cuenta de cuánto la había extrañado. Se sentía muy feliz de estar ahí. Giró hacia su cama para sentirla una vez más y de pronto notó un gran vestido blanco recostado sobre ella, parecía un vestido de novia. ¡Qué extraño! ¿Quién se casaría? ¿Acaso su madre volvería a contraer matrimonio? Sintió una gran emoción, había llegado al Palacio en el momento preciso para asistir a la boda de su madre, pero ¡qué dicha! Miró el vestido nuevamente y pensó en probárselo. Nadie lo sabría, sólo se vería en el espejo un segundo y luego se lo quitaría. Como una niña traviesa, que ansiaba su propia boda, se lo puso rápidamente: Lo abotonó y corrió al espejo a mirarse, le quedaba como anillo al dedo, se veía hermosa, angelical. El vestido era de encaje, corte sirena, con un cuello pequeño y elegante, de mangas ajustadas que terminaban en el dedo corazón. Tomó el velo y se lo colocó, percatándose de que jamás se había visto tan bonita. Pensó en Elros y en cuántas ganas tenía de esposarlo viéndose tan hermosa.

De pronto la puerta se abrió y vio a su madre parada frente a ella, sintió una enorme alegría de verla, acompañada de vergüenza por estar usando su vestido.

—Alysa, te ves perfecta para la ocasión, tu futuro esposo estará complacido—, dijo la Reina satisfecha.

—¿Mi futuro esposo? ¿Quieres decir que por fin has aceptado a Elros?—, dijo Alysa sorprendida—. ¡Mamá, qué felicidad! ¡No lo puedo creer! ¡Esto es un sueño hecho realidad!—, exclamó emocionada.

—¿Elros? ¿Alysa de qué estás hablando? Te casarás con el príncipe Hamerton. Ya es hora de que dejes de creer en hadas y elfos, señorita—, le respondió la Reina.

—¿Qué? Elros jamás dejará que te salgas con la tuya. Él me sacará de aquí—, dijo Alysa enojada, arrepintiéndose de haber ido a visitarla.

—Hija, ¿cuántas veces te lo he dicho? Ese muchacho ya no está con nosotros. ¡Está muerto!—, le dijo la Reina exasperada.

Alysa se paralizó, el sonido de aquellas palabras le había erizado los vellos y, aunque sabía que no era verdad, no podía evitar entumecerse. Su boca se secó, necesitaba beber algo de pronto. Miró a su alrededor esperando respuestas. De pronto vio sobre la chimenea la espada de Elros. Dubitativa, se acercó a ella y, como un balde de agua fría que cae por sorpresa, se dio cuenta de que la espada se encontraba oxidada y desgastada; era obvio que no había sido utilizada en años.

—¡Suéltenme! ¡Se los advierto! Cuando Alysa sepa lo que me están haciendo estará furiosa—, les dijo Elros a los indiferentes guardias que lo cargaban hacia el Palacio.

Cuando llegaron a él, se dirigieron inmediatamente a los pisos inferiores y lo aventaron en un calabozo. Elros se levantó deprisa y corrió hasta la puerta, pero era demasiado tarde, los guardias habían echado llave a las cerraduras.

¿Qué estaba pasando? ¿Los padres de Alysa estarían detrás de esto? No podía ser. ¿Dónde estaba Alysa? ¿Por qué no lo ayudaba?, pensaba Elros desesperado. Entonces la Reina entró a la celda y todas sus preguntas fueron respondidas.

—Elros, veo que nos volvemos a ver. Acaso no te pareció suficiente llevarte a mi hija hace casi tres años, ahora regresas en diferentes circunstancias, pero igual de molestas.

—Lo siento alteza, pero no entiendo qué está pasando aquí—, contestó Elros confundido y atontado por el golpe.

—Lo que está pasando es que tienes el mal gusto, no sólo de presentante en un lugar en el que no eres bienvenido, sino de acudir a una celebración a la que no fuiste invitado. Vienes a la boda de mi hija, la princesa Alysa—, respondió serena y fría la Reina.

—¿La boda de Alysa? Eso es imposible, Alysa y yo estamos enamorados, y jamás le permitiré a usted que obligue a su hija a hacer algo que no quiera—, dijo Elros alterado.

—¿Obligarla? Ja, muchachito, ¿qué te hace pensar que no desea casarse con un príncipe humano?—, preguntó sarcásticamente la Reina.

—No le creo, ¡está mintiendo!—, gritó Elros furioso.

—Para eso vine precisamente elfo, no te tendré aquí encerrado, vendrás conmigo y serás testigo de la celebración. No irás encadenado, irás como un invitado más, para que descubras la verdad por ti mismo. Alysa no te ama, jamás lo hizo y después de hoy, jamás te amará. Mañana mismo te quiero lejos de este reino para nunca volver. ¿Trato hecho?—, le preguntó la Reina.

—Trato hecho—, le contestó Elros con un plan bajo la manga.

Escoltado, Elros siguió a la Reina fuera de la prisión, hasta llegar a la parte exterior de la Iglesia, donde todos los invitados esperaban la triunfal entrada de la novia. Adentro yacía una figura alta y oscura, de pelo largo y espalda ancha. El novio, pensó Elros aunque no lograba verlo bien pues permanecía de espaldas. Alysa aún no llegaba. Sabía que en cuanto lo viera correrían juntos y huirían hacia el bosque, ahí nadie los atraparía.

Mientras tanto en Ámber, un viejo elfo ayudaba a los heridos a recuperarse. Todo estaba hecho añicos. La ciudad respiraba desesperanza porque, aunque muchos ayudaran, todos sabían que jamás lograrían recuperarse, pues no sólo sus hogares estaban destruidos, también sus corazones.

Aegnor recorría el terreno, buscando restos de comida para los enfermos, cuando casualmente vio un póster colgado en un árbol. Desde lejos logró leer la palabra "Viva" y decidió acercarse a ver de qué trataba. Las orillas del póster estaban quemadas y el texto estaba un poco borroso por la lluvia, pero aun así alcanzó a leer lo que decía. El anuncio comenzaba: "Se busca sirena viva." Aegnor continuó leyendo. De pronto miró hacia el horizonte, hacia el Este, a dónde se había ido volando el tritón. ¡No lo podía creer! De un solo impulso corrió hasta el refugio animal que se acababa de construir. Adentro encontró a la paloma mensajera que estaba buscando, era su única esperanza. Rápidamente escribió una nota detrás del anuncio y la ató a la pata de la paloma. Después la acercó cuidadosamente a su cara y le susurró algo al oído. La paloma estiró sus alas y comenzó a volar; Aegnor, angustiado, la miró desparecer en el firmamento y antes de que se perdiera por completo, le gritó:

—Recuerda rodear el Bosque encantado.

—¡Corsa, Alysa, Elros, Antu! ¿Dónde están?—, gritó Ébano.

Llevaba dos días buscándolos y nada, ni siquiera recordaba cómo es que los había perdido a todos. Sólo recordaba haber llegado a una aldea solo y angustiado. Tenía mucha sed, no entendía qué pasaba. Ébano estaba a punto de tener una crisis nerviosa, cuando entre la gente vio un reflejo color aqua. Corrió hacia él, pero la muchedumbre le impedía el paso, y por más que lo intentaba, no lograba alcanzar su objetivo. Había perdido la esperanza cuando de pronto volvió a ver el reflejo color aqua, era el hermoso cabello de Corsa. Desde donde estaba, el unicornio podía verle claramente la espalda. Sin perderlo de vista, corrió hasta él, lo tomó por el hombro y lo giró para abrazarlo efusivamente. En ese momento lo paralizó la sorpresa, pues la persona de larga cabellera no era su amigo Corsa, sino su amor secreto: Cora, la dulce mujer que había conocido semanas atrás.

—¿Cora, eres tú?—, le preguntó Ébano, sintiendo los nervios apoderarse de su estómago.

—¡Aquí está! ¡Deprisa, vengan todos!—, gritó Cora mientras Ébano la miraba extrañado y confundido.

Cora lo señaló para que todos lo vieran y de pronto gritó:

—¡El último unicornio!

Ébano no podía creer lo que estaba presenciando, no podía ser verdad, pero sí lo era. En segundos varios hombres corrieron hacia él para capturarlo. No tenía tiempo que perder. Con el corazón roto y el espíritu ausente, Ébano se transformó en un hermoso unicornio negro. Desgarrado, miró a Cora por última vez y comenzó a correr tan rápido como pudo, sintiendo sus lágrimas disolverse en el viento.

Alysa, vestida de novia y con la derrota sobre el velo, accedió a su pesadilla. Su madre la escoltó a la Iglesia. Atormentada por la confusión y amarrada por la amargura, se introdujo en la carroza que la llevaría a las puertas del santuario. Lo único en lo que podía pensar, que fuera menos doloroso que la muerte de Elros, era en su futuro esposo. ¿Qué tan deshecha podía estar como para acceder a los deseos de su madre? Le habían diagnosticado tan solo un par de meses de vida, pero sin Elros parecían toda una eternidad. Tal vez eso lo había imaginado también, estaba loca, había vivido en una fantasía y aunque ahora sabía que todo había sido sólo eso, prefería regresar a aquella ilusión, que vivir esta cruda realidad.

Corsa descansaba sobre las ramas de un árbol pensando en todo aquello que pudo haber resultado diferente, tal vez si no se hubiera convertido en sirena nada de esto hubiera pasado y tal vez Kaia estaría bien, tal vez... Entonces recordó:

—Kaia, estoy cansado de todo esto, no soy yo, no puedo serlo. ¿Alguna vez deseaste no ser un hada? Es diferente, no lo entenderías, es como si en mi corazón fuera una sirena y en el espejo fuera un simple humano. Nadie me entiende, Kaia—, le confesó Corsa con lágrimas en los ojos.

Llevaba quince años de su vida sintiéndose en una piel que no era la suya, ya no podía más. Kaia, su fiel amiga hada, lo miraba con amargura, pues sabía que su amigo jamás sería feliz. De pronto lo miró a los ojos,

—Yo creo que serías una increíble sirena—, le mintió Kaia con una sonrisa en el rostro.

Corsa dejó de llorar y sonrió por primera vez en días.

Kaia ya no estaba segura de la diferencia entre lo bueno y lo malo, lo natural y lo no natural; de lo que sí estaba segura era de querer ver a su amigo sonreír siempre. Corsa significaba todo para ella, pues aunque él lo ignoraba, ella estaba profundamente enamorada de él. El hada sabía que era preciso hacer un enorme sacrificio para que Corsa alcanzara la felicidad; sabía que tenía que dejarlo ir.

—Corsa, hay una forma de conseguir lo que quieres. Existe una alternativa que sólo nosotras las hadas conocemos. Puedes convertirte en una sirena—, le dijo Kaia con un tono que disfrazaba su tristeza.

—¿Qué? ¿Eso es verdad? ¿Puedes decírmela?—, le preguntó Corsa entusiasmado por primera.

—Claro, si no para qué están los amigos—, contestó Kaia con una falsa naturalidad, sabiendo que eso significaba perder a su amor para siempre.

—¡Ahí está!—, Corsa abrió los ojos y regresó al presente, pero era demasiado tarde. Una red lo envolvía, impidiéndole moverse, mientras que varios hombres lo bajaban de donde estaba. Ni siquiera podía gritar, estaba aterrorizado; sin duda lo matarían. Ya fuera por miedo o por desesperanza, Corsa no intentó escapar, tan sólo esperó inmóvil a que lo transportaran a una aldea cercana. Le quitaron la red de encima y lo llevaron de los brazos hacia el centro de la aldea, donde una multitud lo esperaba. Todos lo golpeaban agitados y Corsa no podía hacer nada para defenderse. Esa situación continuó hasta que finalmente lo dejaron frente a unas escaleras. Al mirar hacia arriba vio a un hombre enmascarado mirándolo fijamente, a su lado la horca lo aguardaba.

Esta vez sí que estaba aterrado, todo había terminado. El tritón comenzó a subir las escaleras y miró al público impaciente. En medio de todos se erguía una silla alta con un hombre tenebroso sentado sobre ella. Era Apolo, nadie más podía tener esa mirada tan obscura y siniestra. El tan sólo verlo le erizaba toda la piel del cuerpo.

Así que había perdido la batalla, el monstruo había triunfado y con su derrota, vendría la aniquilación de todos. Todos morirían por su culpa. Aunque Corsa no entendía ni siquiera quiénes eran todos, un profundo dolor le ofuscaba el pecho. ¿Cuántos eran todos? ¿Qué significaba realmente la palabra todos? ¿Todos significaba en realidad todos, todas las almas de la tierra? Recordó a sus amigos, recordó a Kaia y lo feliz que había sido con ella y entonces supo que todo había valido la pena. Aunque el miedo no se apartaba de su mente, la desesperanza sí lo hacía, fue entonces cuando logró sonreír; estaba ya en el último peldaño, caminó hacia la horca y el verdugo le ajustó la cuerda en el cuello.

—¿Deseas decir unas últimas palabras? Maldito engendro del infierno—, le preguntó el aniquilador.

Corsa continuaba sonriendo, asintió con la cabeza y pensó en pedir un poco de agua, pues tenía mucha sed, pero ya no tenía caso. Abrió delicadamente la boca y en vez de hablar, como todos esperaban, comenzó a cantar una hermosa canción, dejando atónitos a todos los presentes. Su efusiva tonada testimoniaba la existencia de una vida más allá de la muerte; no era de un tritón, sino de un ángel del que nacía aquella melodía.

Elros esperaba ansioso y sediento la llegada de la novia. Estaba furioso con Alysa, ¿cómo pudo haberse prestado para algo semejante? Aunque estuviera amenazada, ¡esto cruzaba todas las fronteras! En fin, necesitaba agua, así que miró a su alrededor para buscar dónde beber, entonces la vio. Se acercaba a él en una gran carroza tirada por caballos. Aunque no la veía por completo, podía ver su pelo y el blanco vestido de novia. Estaba listo para el escape cuando se abrió la puerta de la carroza y asombrado, vio a la deslumbrante novia. Alysa estaba hermosa: El vestido, el pelo, los ojos pintados, todo le agraciaba, pero no era sólo eso lo que iluminaba su rostro. Alysa se veía más que bien. No era falso el brillo que emanaba, irradiaba felicidad. Elros se quedó boquiabierto, esperando una respuesta al contacto con sus ojos, pero Alysa lo miró indiferente, era como si no lo hubiera querido reconocer, o peor aún, como si no lo hubiera reconocido en lo más mínimo. Elros permaneció inmóvil, observando cómo los invitados entraban a la Iglesia; vio la espalda de su amada avanzar al altar y vio cómo las grandes puertas se cerraban, apagando su felicidad y robándole el corazón.

Ébano galopaba por el bosque decidido a jamás regresar, quería ir a donde ningún humano pudiera encontrarlo. Corría deslizándose en el viento, cuando de pronto escuchó una melodía familiar. La canción se oía lejana, pero no lo suficiente como para que no pudiera reconocer que era la voz de un tritón, debía ser Corsa. Sin pensarlo dos veces cambió de dirección y cabalgó hacia la voz que con cada paso cobraba fuerza.

Elros esperaba atónito afuera de la Iglesia; ya no estaba detenido, ni siquiera los guardias le hacían compañía, pues todos estaban presenciando el santo matrimonio. En realidad ya no tenía pretexto alguno para quedarse, pero tampoco lograba mover sus pies y marcharse para siempre. Pensaba en Alysa y en cuánto la amaba, no era justo que la abandonara, así como tampoco que ella lo dejara. No era justo ni para ella ni para él luchar tan poco por su amor, así que comenzó a gritar:

—¡Alysa! ¡No te cases con él! ¡Yo te amo!

Alysa ya había entrado a la Iglesia y se encontraba desfilando tristemente hacia el altar cuando oyó un grito desesperado. Alguien le llamaba, una voz familiar pronunciaba su nombre, era Elros. Miró hacia atrás, pero nadie parecía escucharlo; sin embargo, estaba claro que era él el que gritaba. Histérico, le rogaba que no se casara. Alysa se paralizó a unos pasos del altar y del desconocido futuro esposo. Cientos de espectadores impacientes la observaban, así que sutilmente se quitó los tacones, recogió el frente de su vestido y sin pensarlo más tiempo, se echó a correr hacia la puerta. Iba gritando frenética el nombre de Elros, entonces éste también la escuchó. Instantáneamente ambos supieron que todo había sido una farsa, pero eso no impedía que los guardias los persiguieran. Elros se encontraba afuera de la Iglesia, mientras que Alysa se encontraba dentro, las puertas estaban cerradas con seguro y no había forma de que llegaran el uno al el otro. De pronto, algo inesperado sucedió.

Corsa cantaba a todo pulmón. Era tan fuerte aquella voz que no se lograba escuchar nada más, bueno casi nada, pues extrañamente entre la gente se escuchó el relinchido de un caballo. El tritón miró en esa dirección y aunque no había ningún caballo visible, él sabía que Ébano estaba ahí. Quizá por la esperanza, o por la conexión que había entre ellos, mágicamente un agujero se abrió entre la multitud y por un breve momento pudieron verse directo a los ojos. Ébano, aterrado, vio lo que estaba a punto de sucederle a su amigo y sin demorarse más, galopó tan fuerte como pudo en dirección hacia la horca. El agujero se cerraba rápidamente y por si fuera poco, acababan de liberar el piso que sostenía a Corsa, dejándolo caer hacia la muerte. Ébano no pestañaba, no respiraba; Corsa caía, mientras él saltaba con todas sus fuerzas para salvarlo. Un sólo segundo era todo lo que tenían, sin embargo, el momento aterrador perduraba más de lo que podían soportar. La cuerda comenzaba a tensarse cuando, milagrosamente, el veloz unicornio logró cruzar el agujero y golpear a Corsa en el pecho, llevándoselo sobre su lomo y arrastrando la cuerda que acababa de romperse.

—Elros, ¡ayúdame!—, gritó Alysa frente a las puertas cerradas, cuando inesperadamente un agujero se abrió, dejando entreverse al elfo y a la princesa.

Tan cerca y sin embargo, tan lejos. Los guardias los sujetaban; Elros estaba detenido por los brazos, mientras que a Alysa la tenían agarrada de la cola del vestido. Era ahora o nunca, el agujero se cerraba, así que Elros velozmente tomó su espada y logró aventarla al otro lado. Alysa, libre de las manos, la atrapó y de una tajada despedazó su vestido. Miró hacia el agujero, que se había vuelto minúsculo, y antes de que la volvieran a atrapar, se aventó de clavado hacia lo que quedaba del portal, liberando a Elros con la caída.

Corsa necesitó un momento para recuperar el aire, pero en cuanto pudo, se acomodó sobre el unicornio y siguió cabalgando por el bosque. Necesitaba pensar rápidamente, algo extraño estaba pasando, una especie de ilusión macabra ocurría a su alrededor y, por lo visto, era peligrosa. Iba pensando en las posibilidades cuando de pronto algo pesado cayó detrás de él. Ébano se detuvo y ambos voltearon hacia atrás para ver qué había ocurrido. Para su grata sorpresa no era algo, sino alguien, el que se había subido al unicornio. Antu le sonrió un poco mareado; Corsa lo abrazó efusivamente, pues estaba en verdad alegre por su reencuentro.

—Corsa, me estás asfixiando—, logró decir Antu.

—Lo siento Antu—, le dijo Corsa algo apenado.

—No hay tiempo para explicaciones, necesitamos ir urgentemente por Alysa y Elros y salir de aquí cuanto antes. ¡Están en peligro!—, dijo Antu desesperado.

Ambos, Corsa y Ébano estaban muy confundidos, sin embargo, escucharon con seriedad cada palabra que dijo Antu; por lo menos él parecía saber qué estaba pasando.

—Hacia allá Ébano, cabalga tan rápido como puedas, creo que aún hay tiempo para salvarl...—, gritó Antu sin lograr terminar la frase, pues el unicornio galopaba como ráfaga de viento.

Elros y Alysa estaban acorralados; parecía que los guardias ya no reconocían a la princesa y ahora se comportaban agresivos. Estaban espalda con espalda, esperando una vez más librar juntos la batalla. Las posibilidades eran pocas, pues los guardias los excedían en numero por más de cien soldados, pero la esperanza no cedía. De pronto escucharon el misterioso canto de una sirena, pero los guardias no se inmutaron ante éste. Entonces vieron cómo se abría un portal frente a ellos. Del otro lado, cabalgando a toda velocidad hacia donde se encontraban la humana y el elfo, estaban sus amigos. Mientras Corsa cantaba, Antu gritaba con todas sus fuerzas,

—¡No pares de cantar!

Ébano ya cansado, pero sin alentar el paso, saltó vigorosamente hacia el agujero, cayendo exactamente frente Alysa y Elros, quienes con un ágil salto se incorporaron al lomo del unicornio.

—¡Hacia allá! ¡Rápido!—, gritó Antu apuntando en una dirección opuesta al Palacio.

Ébano tomó velocidad y más cansado que nunca, saltó con todas sus fuerzas, logrando esquivar la pared de soldados que los amenazaba. Siguió galopando hasta que se percató que frente a ellos había un acantilado. Todos le gritaban que se detuviera, pero detrás de ellos todo un ejército los perseguía, además Antu seguía señalando en esa dirección.

—Vamos Ébano, no te detengas, corre hacia allá—, gritó Antu decidido a saltar por el acantilado.

Ébano le hizo caso hasta llegar a la orilla, donde tuvo que frenar pues no podía volar, sabía que mataría a todos. Los amigos estaban aterrados, estaban a punto de alcanzarlos y frente a ellos no había más que el vacío mortal.

—Ébano, ¡te lo ruego! ¡Salta!—, le gritó Antu.

Confundido, pero reconociendo que el único que sabía qué estaba pasando era Antu, Ébano decidió hacerle caso. Metros antes de que los alcanzaran, el unicornio saltó hacia el vacío, impactando el suelo mucho antes de lo que esperaban, de hecho casi de inmediato, como si no hubiera habido ningún acantilado. En cuanto golpearon el suelo todos se levantaron rápidamente. Exaltados por tantas emociones acumuladas, miraron a su alrededor. Estaban justo en el borde del desierto, de un lado se veía el castillo lejano y del otro un amplio y seco paisaje de arena.

CAPÍTULO 16

ASKAR

—¡Todos aléjense del desierto! Que ni se les ocurra entrar de nuevo—, les dijo Antu angustiado.

Nadie se movía, no sabían ni siquiera si pestañear los haría introducirse de nuevo en ese tórrido mundo.

—Ése fue el bosque encantado, lugar mágico para algunos y de muerte para otros. Pensé que no tendría poder, pues el bosque en sí está extinto, pero aún lo tiene—, les explicó Antu con un tono de esperanza—. El único que es inmune a sus hechizos soy yo, pues yo nací en él y bueno, las hadas, pero nadie aquí es un hada, así que ni se les ocurra acercarse. ¡Tardé un día y medio en encontrarlos a todos! Volver a hacerlo sería la muerte.

El Bosque Encantado poseía la cualidad de crear una ilusión tan poderosa que convertía la realidad en un lejano sueño, pero si se sentía amenazado, transformaba esa ilusión en una verdadera pesadilla. Ahora todos comprendían el origen de su sed. Los dos días habían estado en realidad parados bajo el inclemente sol y ahora sus pieles se los reprochaban.

Antu miró con nostalgia el arco que Alysa portaba sobre la espalda, era lo único que quedaba de ese magnífico bosque, el arco y el mismísimo Antu. Alysa, comprendiendo la situación, se lo quitó delicadamente y lo puso sobre las manos a su amigo. Antu lo sostuvo sobre su pecho, se dio media vuelta y caminó hacia el desierto. Todos permanecieron en silencio, sabían que Antu necesitaría un momento, pero los guardias del castillo se dirigían alertados hacia ellos.

Corsa sintió una sombra sobre su cabeza, miró hacia el cielo y vio una blanca paloma descender directo hacia él. Pronto notó que portaba un papel amarrado a su pata izquierda; cuidadosamente lo desenvolvió, era el cartel que había visto en Ámber, lo volteó y comenzó a leer el mensaje.

Alysa sintió de pronto una gran emoción mezclada con un extraño nerviosismo. Aunque acababa de estar con su malvada y falsa madre, se daba cuenta de que no la había visto en dos años y medio. Aunque después de haber estado en aquella ilusión maligna sus ganas de verla habían disminuido ligeramente, aún ansiaba su reencuentro. Probablemente estaba furiosa con ella, o tal vez, y sólo tal vez, muy agradecida de volverla a ver. De cualquier forma, había llegado el momento, los guardias los alcanzaron en el momento justo en que Corsa terminaba de leer la nota: "Peligro, no vayan a Askar", había escrito el viejo. Giró el papel confundido y leyó el cartel por segunda vez: "Sirena se busca viva." Era el mismo cartel que había visto en Ámber, pero habían subrayado unas letras pequeñas hasta abajo: "Recompensa en Askar."

—Guardias, ha regresado La Princesa, llevadme con mi Reina—, ordenó majestuosamente Alysa.

—Claro que sí Princesa—, dijo uno de ellos sarcásticamente.

—¡Alysa, corre!—, gritó Corsa.

Demasiado tarde, los guardias habían saltado sobre ellos, sujetándolos y golpeándolos con fuerza. Antu escuchó los gritos, pero permaneció estático, sin saber qué hacer. Sintió la madera vibrar dentro de su mano, rápidamente buscó una flecha, pero todas las había conservado Alysa. Nadie entendía qué estaba pasando. Alysa, escupiendo sangre por la boca, comenzó a gritar:

—¡Mamá! ¡Mamá!

Pero los guardias tan sólo se burlaban de ella, no parecía importarles el evidente dolor que padecía. Ébano, al ver esto, recuperó su instinto animal y pateó a uno de ellos hacia el desierto. Apenas había dado un par de pasos, pero el semblante del guardia ya se había transformado, se veía aterrorizado. Abrió la boca para gritar, pero nada salió de ella, entonces comenzó a correr a toda velocidad hacia el desierto. Tal era su desesperación, que en segundos lo perdieron de vista.

Un guardia, molesto por la situación, noqueó a Ébano de un golpe en la cabeza.

—Dejen a ése, no sobrevivirá mucho tiempo en el desierto—, afirmó el mismo guardia, señalando al pobre de Antu, que seguía sin saber qué hacer.

Fue así como Antu permaneció donde estaba y observó cómo se llevaban a sus amigos hacia el castillo. Elros había sido noqueado en el camino y Alysa no soportaba el dolor.

El castillo se veía majestuoso a tan corta distancia, había algo encantador en la forma que tenían los humanos de construir sus castillos; eran geométricos y estéticos. A diferencia de Ámber, no era orgánico, por el contrario, tenía varias torres que terminaban en conos azules, todas en desnivel, altas ventanas góticas, ladrillos de piedra y una arquitectura hecha para resistir cualquier ataque.

Al entrar, sintieron como estaba helado, lo cual era muy extraño, porque a pesar de estar soleado, las piedras guardaban un frío inminente. Algo andaba muy mal, Alysa estaba furiosa. Después de que le dijera a su madre cómo los habían tratado, seguro castigaría a todos esos guardias ignorantes.

Los amigos fueron llevados a una torre y arrojados en el interior del calabozo. Corsa intentó pararse para detener la puerta que se cerraba, pero era demasiado tarde, los guardias los habían encerrado. Miró a su alrededor y notó que todas las ventanas de la torre eran demasiado angostas. Jamás lograrían salir por ninguna de ellas, por lo menos no un ser humano. El cuarto era circular, todo era de piedra y tenía una alfombra roja llena de manchas de un color vino oscuro, casi morado. Estaban duras, como si fueran de sangre seca. La alfombra era lo único que había en el cuarto, lo demás eran sólo piedras y ventanas apretadas que no permitían el paso del calor a la fría torre.

Elros y Ébano estaban en el piso desmayados, mientras que Alysa gritaba el nombre su madre, pero nadie venía en su rescate. Corsa la detuvo y nervioso le confesó:

—Alysa, no creo que tu madre esté aquí.

—¿A qué te refieres?—, le preguntó ella desconcertada, antes de vomitar sangre nuevamente.

El vómito empeoraba y sus síntomas también. De pronto un dolor punzante le subió desde el coxis hasta la nuca, haciéndola caer de rodillas.

—Alysa, ¿qué te pasa?

La enfermedad provocaba que le ardiera todo el cuerpo. Esperó a que el dolor la dejara hablar y entonces le imploró:

—Debes jurarme que no le dirás a nadie. ¡Júramelo!—, le pidió de rodillas, mientras Corsa asentía temeroso de las siguientes palabras—. Estoy muy enferma—, confesó Alysa mirando hacia Elros y Ébano para asegurarse que seguían inconcientes.

—¿Qué tan enferma?—, balbuceó Corsa.

Alysa esperó un momento, pero cuando estaba a punto de hablar la atmósfera se llenó de un asqueroso olor.

La puerta se abrió de golpe, ambos saltaron asustados, Ébano y Elros despertaron repentinamente tras el golpe. Sin pensarlo dos veces, Elros desenvainó atontado su espada y se preparó para atacar la alta figura encapuchada que se mostraba ante ellos. El desconocido portaba una larga capa roja, con un amplio gorro que cubría la mayor parte de su cara; sólo la boca y el mentón quedaban visibles. Estaba acompañado de un guardia y dos figuras obscuras, ambas con capas negras que también dejaban al descubierto solo el área de la boca.

El misterioso hombre levantó su mano izquierda, tomó el gorro y lo deslizó lentamente hacia atrás. En tan sólo un instante la sorpresa invadió a todos los presentes, pues el alto hombre poseía finas y hermosas facciones, de tal belleza que sólo era posible que una mujer poseyera. Finalmente, resolviendo sus dudas, el gorro develó una voluminosa cabellera roja que caía en bellísimos caireles brillantes. Analizándola, los amigos se percataron de que su boca roja era tan hipnótica que Elros había bajado su espada sin darse cuenta. La dulce pelirroja les sonrió y caminó emocionada hacia Alysa.

—Tú debes ser la sirena. ¡Qué alegría! No sabes cuánto he buscado por ti.

Alysa no sabía qué decir, la extraña ahora la abrazaba y le acariciaba el pelo.

—Disculpa, ¿quién eres tú?—, jadeó Alysa exhausta por el malestar.

—Eso es irrelevante cariño, pero si deseas saberlo, soy tu Reina—, contestó ella amablemente.

—Eso no es verdad. ¿Dónde está la Reina que vive en este castillo?—, preguntó de nuevo Alysa con tono tajante.

—No me gusta ese tono de voz cariño, no lo vuelvas a usar conmigo nunca—, amenazó la extraña sin retirar la sonrisa del rostro.

Alysa sintió un ardor en todo el cuerpo, era la furia apoderándose de ella. Encolerizada, sin poder siquiera anticipar sus movimientos, Alysa abofeteó a la supuesta Reina tan fuerte como pudo. Todos quedaron boquiabiertos, mirando a la mujer que tenía el rostro de lado por el golpe. Esta vez ya no estaba sonriendo, una gota de sangre proveniente de su boca se deslizaba hacia el suelo. Indiferente a lo sucedido, tomó la gota con su dedo índice y la observó fascinada por un instante. Nadie se movía, algo había en su presencia que los paralizaba a todos. Finalmente se metió el dedo a la boca y lo saboreó un instante, entonces volvió a sonreír y sin advertencia previa golpeó a Alysa con la mano abierta. Alysa, inexplicablemente, voló hasta el otro extremo del cuarto, chocó contra la pared y cayó desmayada en el piso. Elros levantó de nuevo su espada y se arrojó contra la pelirroja, pero para su sorpresa, la espada no estaba bajo su control, se movía como si tuviera vida propia. De pronto abandonó su mano y viró en contra suya. La Reina reía a carcajadas, mientras las sombras del cuarto se jalaban entre sí, creando una figura obscura. Todos estaban aterrorizados, las armas los abandonaban y volaban a través del cuarto. Estaban completamente indefensos en un circo de terror. La mujer levantó a Alysa del brazo con una sola mano y le quitó el carcaj que llevaba cargando en la espalda. Confundida, analizó por un momento las flechas que llevaba, éstas, a diferencia del resto de las armas, no andaban volando. Levantó sus cejas frustrada y aplastó el carcaj destruyendo las flechas, una vez hecho esto, las arrojó por la ventana y cesó su molestia.

Alysa recuperaba el conocimiento y logró murmurar levemente:

—¿Dónde está La Reina? ¿Qué le hiciste?

Ahora se encontraba frente a ellos una alta sombra tenebrosa que comenzaba a acercárseles.

—Nena, ella está muerta—, contestó la Reina llena de gozo—. Y por cierto, ni se les ocurra intentar escapar, podrían pasarles cosas.

Entonces la sombra se deslizó hasta el guardia y éste comenzó a gritar despavoridamente, pero nadie lo ayudaba. No podían ver lo que pasaba, pues la sombra lo oscurecía todo con su cuerpo. Después de varios segundos los gritos cesaron y horrorizados, pudieron observar a la negra figura soltar los restos de un cuerpo chupado e inerte.

La mujer pelirroja llevaba cargando a Alysa hacia la salida, estaban a punto de salir cuando Elros, en un último intento de rescate, le gritó:

—¡Alysa! ¡Por favor no te la lleves!

La mujer se detuvo y viró sorprendida hacia el elfo, mientras que Alysa lo miraba derrotada.

—Mi nombre no es Alysa animal retrasado, mi nombre es Ivel—, contestó ella en tono burlón.

Corsa se aventó sobre Elros y le cubrió la boca para que no le contestara. La puerta se cerró tras Alysa, entonces el hombre sombra procedió a atraparlos a todos. El pánico cundió entre los amigos. Rápidamente la sombra se apoderó de sus cuerpos. Querían gritar, pero cualquier sonido que emitieran era opacado por los alaridos de su afligida amiga. Estaban perdidos, su fin había llegado. Fue así como, antes de que pudieran siquiera pensarlo, la oscuridad se apoderó de ellos.

Un rato después Corsa abrió los ojos, podía ver algo, pero había muy poca luz en el lugar como para saber qué era. Miró a su alrededor, estaban en un cuarto muy oscuro iluminado tan sólo con la tenue luz de unas velas. ¿Estaban muertos? No, no le parecía. La sombra terrorífica se había ido; todo naturalmente, era de piedra. Igual que en la torre, en ese lugar tampoco había muebles, no había nada más que piedras y barrotes. Vio un oscuro cuerpo a su lado, era Elros. Buscó a Ébano, pero no parecía haber nadie más.

Un gemido desconocido lo contradijo. Lentamente, Corsa caminó hacia el ruido y en una esquina vislumbró otro cuerpo oscuro. Al acercarse se percató de que no era un cuerpo, sino dos, uno era Ébano, pero el otro. ¿Sería Alysa? No, debía ser Antu, su única esperanza. Se acercó al cuerpo y sintió su rostro, había demasiadas arrugas para ser cualquiera de ellos. Se paró y cuidadoso de no pisar a nadie, se acercó hacia el candelabro, tomó la vela para llevarla hacia el extraño, alumbró su cara y vio a una tierna anciana que le decía sonriente:

—Buenas noches, lindo.

—¿Disculpe, quién es usted?—, le preguntó Corsa desorientado.

Mientras tanto, en una habitación muy distinta, dentro de una larga torre, se encontraba Alysa amarrada a una pared, con el agua hasta la cintura. La torre era muy alta, pero angosta. Desde el techo caía el agua helada que iba cubriendo su cuerpo. La luz exterior apenas si lograba iluminar el fondo de la torre, donde se encontraba un desagüe que daba al exterior del castillo. La vigilaban desde otra habitación a través de un cristal que habían colocado estratégicamente frente a ella. Igual que en el resto del castillo, la temperatura era muy baja, por lo que la indefensa princesa tiritaba de frío. Alysa parecía no recordar todas esas habitaciones. Era como si se encontrara en un castillo distinto, la atmósfera de amor y calidez que algún día llegó a respirar en aquellas torres ya no existía, como si se hubiera marchitado y hubiera sido reemplazado por una maldad caprichosa y rencorosa. Ojalá el dolor fuera tan versátil como ese castillo, pero no lo era, el corazón de Alysa estaba desgarrado. Lo único que la mantenía consciente era el frío que cerraba su garganta, aprisionándola en su helado calvario.

Frente a ella, en la habitación vecina, se encontraban dieciocho encapuchados y la Reina roja, quien permanecía sentada frente al cristal con las piernas cruzadas. La miraba constantemente mientras se limaba las uñas y movía su pierna con impaciencia, dejando entrever una pierna sensual vestida por un alto y fino tacón rojo.

—¿Ya?—, preguntó la Reina—. ¡Esto no puede ser! Hemos pasado toda la noche y nada. ¿Por qué no se transforma?— les preguntó irritada a sus oscuros seguidores—. ¡La maldita anciana estaba equivocada!—, gritó.

Mientras tanto, en el oscuro calabozo, la anciana hablaba.

—Vengo de Sarigonia, lindo—, le contestó dulcemente a Corsa—. No lo recuerdo muy bien, pero prometieron devolvérmelo si la ayudaba. Eso dijo mi nieta—, continuó ella confundida.

—¿Devolverle qué? ¿Quién es su nieta?—, le preguntó Corsa, sintiéndose cada vez más familiarizado con aquella anciana.

—Sí, Ivel me protege, dice que me quieren hacer daño, ella es muy buena—, le contestó la viejecita complacida.

—Señora, no me lo tome a mal si Ivel es su nieta, pero ella no es buena. ¡La tiene viviendo en un calabozo!—, le dijo Corsa furioso a la viejecita.

Había algo en su mirada que le provocaba una gran ternura. Pasara lo que pasara, no podía dejarla ahí, sentía que la quería y mucho. La anciana miró a su alrededor y contempló la oscuridad que la rodeaba. Entonces, en un momento de lucidez, preguntó alarmada:

—¿Dónde está? ¿A dónde se lo llevaron?

—Señora, ¿a qué se refiere?—, dijo Corsa pacientemente.

—¡Dónde está Evan!—, gritó la anciana.

En ese momento la luz de la vela reveló aquello que no comprendía Corsa y, aterrorizado, miró de nuevo los ojos de su vieja amiga.

—¡Alexa!—, gritó Ivel acercándose al calabozo y llenándolo de aquel olor a putrefacción—. ¡Alexa! ¡Anciana mentirosa!

Alexa se puso pálida y comenzó a temblar de miedo, parecía saber que lo que venía no era bueno. Corsa, con lágrimas en los ojos, abrazó a su amiga fuertemente y le susurró:

—No dejaré que te haga daño.

Pero la anciana no paraba de temblar como un niña indefensa, que ha sido abusada frecuentemente y no logra escapar de su agresor.

—Soy yo Alexa, ¡soy yo Corsa!—, le dijo suavemente con una sonrisa, mientras acariciaba los finos pelos de su cabeza.

La anciana paró de temblar y le regaló una mirada honesta y profunda. Por un momento lo recordó todo.

—¡Corre Corsa! ¡Vete de aquí, o te matarán!—, gritó ella con la voz quebrada.

Pero era demasiado tarde, Ivel entraba con numerosos guardias que portaban candelabros para alumbrar el camino. Corsa se levantó y corrió a una esquina, debía hacer algo, ¿pero qué? Él ya conocía este castillo, jugaba con Alysa todo el tiempo en él, debía conocer algún pasaje secreto o algo, ¡lo que fuera! Entonces recordó un día que Alysa lo llevó al calabozo para decirle que su padre la había abandonado. Como no se atrevía a decírselo frente a frente lo había llevado ahí, pues la estructura permitía escuchar perfectamente lo que se decía en voz baja en la esquina opuesta, además de ser la única habitación que no estaba vigilada.

—Alguien se ha estado portando muy mal y va a tener que ser castigada.

Ivel caminó hacia la anciana. Ya no se veía tan hermosa como antes, por el contrario, había adoptado una apariencia monstruosa.

—No, por favor, mi señora, no me torture más—, dijo Alexa llorando de terror.

—¡Oye perra!—, dijo una voz desde una esquina de la habitación.

Ivel volteó temblando de rabia y señaló la esquina para que los guardias alumbraran, pero no había nadie. Corsa aprovechó la distracción y de un solo golpe atravesó las costillas de Ivel con un candelabro oxidado. Los guardias se preparaban para atacar cuando Ébano surgió de la oscuridad golpeándolos fuertemente, provocando así la caída de las velas. En medio de la oscuridad y el escándalo, Corsa cerró los ojos e intentó recordar el calabozo que había conocido cuando era niño. Guiándose por su instinto, dirigió su mano hacia donde estaba Ébano, sólo tuvo que sentir su piel para reconocerlo de inmediato. Le tomó la mano y, rápidamente, se dirigió hacia Alexa. Le tapó la boca y la llevó abrazándola al centro de la habitación, donde debía estar Elros acostado. Entonces Corsa tiró de la mano de Ébano y lo hizo tocar el cuerpo que yacía en el piso. En tan solo unos segundos el unicornio comprendió que se trataba de Elros, lo cargó sobre su espalda y esperó a que Corsa lo guiará a través de la oscuridad. Corsa sabía exactamente dónde se encontraba la puerta y dónde comenzaban los escalones; era como si pudiera ver con los ojos cerrados, puesto que materializaba el espacio en su mente tal cual lo recordaba.

Estaba con los ojos cerrados, visualizando el lugar, cuando comenzó a ver luz a través de sus párpados. Entonces abrió los ojos para asegurarse y vio que estaban cercanos a la luz. Corsa comenzaba a recuperar la esperanza, cuando de pronto escuchó los gritos familiares de su querida amiga, casi hermana, Alysa. Elros abrió los ojos y de inmediato subió a buscar a su amada. Ébano lo siguió alarmado, mientras que Corsa se metía en una habitación cercana para ocultar a Alexa. Entonces oyó a Ivel dirigir a sus guardias. Su voz estaba intacta, al igual que su fuerte aroma, como si nada le hubiera ocurrido. Esperó un momento a que no se escuchara nada y después de haber metido a Alexa en un clóset, salió en búsqueda de sus amigos.

Los gritos de Alysa eran inconfundibles. Corsa los siguió, aun sabiendo que lo que encontraría probablemente sería aterrador. Subió las escaleras oyendo los gritos cada vez más cerca, hasta que llegó a una puerta. Alysa se encontraba detrás de ésta, pero si la cruzaba, tal vez perdería su oportunidad de escapar. Si fallaba, Ivel lo atraparía, probablemente lo llevaría con Apolo y todos morirían por su culpa. ¡Maldita profecía y maldito Aegnor! ¡Todo aquello era una tontería! Nadie moriría, todo era un gran malentendido, él no era nadie importante como decía el árbol sagrado. Pensó un momento en irse y jamás saber qué había detrás de aquella puerta, pero el momento pasó rápidamente y lleno de valentía, giró la perilla.

CAPÍTULO 17

IMPOSTORA

Cuando abrió la puerta lo único que vio frente a él fue una pared de piedra; no había piso, sólo puertas alrededor de la torre a diferentes alturas, del techo caía una pequeña cascada, los gritos provenían del fondo. Corsa miró hacia abajo tratando de ver a través de la oscura torre; después de varios segundos logró ver a Alysa atada a la pared, el agua le llegaba hasta el cuello. Sus amigos se encontraban tratando de romper las cadenas que la sujetaban por el torso, el nivel del agua subía rápidamente. Justo cuando parecía que la situación no podía empeorar, diferentes puertas de la torre se abrieron al mismo tiempo, dejando caer varios guardias al agua. Éstos detuvieron a Ébano y a Elros, y los forzaron a retirarse de Alysa. La pobre estaba histérica. Elros gritaba enloquecido, pero no lograba zafarse de los que lo aprisionaban.

Era ahora o nunca: Salvar a Alysa o dejarla morir, no tenía otras opciones. Así que, entregándose para siempre a la rapacidad del mundo, Corsa se aventó al agua con un clavado perfecto. El impacto fue estruendoso, al caer todo se llenó de burbujas. Corsa nadó hasta el fondo dejando fluir la transformación. Fue ahí, frente a los discípulos y a la Reina roja, que sus torneadas piernas se unieron en armonía para convertirse en incontables escamas y en una majestuosa aleta bifurcada. Nadó hasta Alysa para intentar rescatarla. Ivel estaba anonadada, no pronunció palabra alguna durante varios minutos. Los guardias tardaron un momento en reaccionar, pero después nadaron hasta el tritón para apresarlo. Desafortunadamente para ellos, no hay nada más peligroso que una sirena o un tritón que se siente amenazado. Antes de que pudieran darse cuenta se habían convertido en sus presas. Corsa, enloquecido por su naturaleza, jalaba a los guardias de los pies y los llevaba al fondo de la torre donde salvajemente los despedazaba. Los que lograron escapar se aseguraron de jalar a los otros dos presos a una de las puertas y evacuaron la torre. Fue entonces cuando Corsa, viendo que el peligro desaparecía, nadó hasta Alysa e intentó liberarla. El agua les llegaba hasta la barbilla; la pobre tenía que mirar hacia arriba para poder respirar.

—Rápido, nada fuera del castillo, al fondo hay un desagüe que te llevará lejos, ¡Escápate!—, le dijo Alysa con dificultad.

—¡No!—, le contestó Corsa, decidido a quedarse con ella.

—¡Vete!—, le dijo ella jalando el último aire posible y desesperada comenzó a golpearlo—. Me estoy muriendo, Corsa—, dijo finalmente antes de que el agua le cubriera la nariz y la boca.

Corsa la miró bajo el agua: Su fragilidad y su angustia quedaron expuestas a su mirada. Sólo entonces comprendió lo que acababa de decir su pequeña hermana. Como si acabaran de quitarle un velo de encima comprendió todo: Los vómitos, los dolores, la enfermedad, la mirada en aquella enfermera y finalmente la muerte vecina. Comprendió que ella quería morir ahí. Alysa quería que la abandonara para que por lo menos uno se salvara de aquella maldad. Corsa suspiró, sabía que no podía cumplir sus deseos, le pedía algo imposible.

—No puedo dejarte—, le dijo.

En ese momento una lluvia de dardos despiadados atravesaron el agua y la piel del tritón. Corsa se abalanzó hacia Alysa, intentándola cubrir con su cuerpo para protegerla. De pronto se dio cuenta de que ya no podía oír nada, volteó hacia Alysa y en cámara lenta pudo leer en sus labios una sola palabra: "Huye." La abrazó con fuerza y acomodó su cabeza sobre su cuello. Miró el cristal por el que los observaban y vio a la Reina Roja con su cara de desconcierto, pero intacta, sin ninguna herida. Entonces, incluso más lento que antes, vio su boca moverse como si dijera algo, una palabra o más bien un nombre: "Apolo." Entonces Corsa perdió la conciencia.

Alysa, vuelta loca en la desesperación, jaló la cabeza de su amigo hacia atrás y sabiendo que no moriría ese día, lo besó impetuosamente. Recordó la promesa que le había hecho a Aria y comenzó a inhalar; sabía que a través de sus branquias podía forzar al agua a convertirse en oxígeno y recorrer su boca hasta penetrar sus pulmones. Ivel, confundida, miraba todo a través del cristal. Cuando vio aquel beso, recordó su cruel pasado, pensó en el hermoso hombre que una vez le rompió el corazón, el hombre más bello que había pisado la tierra, Apolo. Ordenó que vaciaran la torre y se fue corriendo a su alcoba, cerrando con seguro la puerta detrás de ella. Algo cálido corría por su mejilla, lo tocó y sintió algo húmedo, había derramado una lágrima.

Alguien llamó a la puerta de su habitación.

—¿Quién es? ¡Qué no ven que estoy pensando!—, gritó Ivel molesta.

La puerta se abrió, era uno de sus servidores encapuchados.

—Lo siento, mi Reina, pero he venido a decirle algo que tal vez no le agrade escuchar.

—¡Entonces no lo digas! ¡Idiota! ¿Qué es lo que no quiero oír?—, preguntó malhumorada la Reina.

Confundido, pero perseverante, el discípulo continuó:

—Usted sigue necesitando la sangre de una sirena para el ritual. La sangre de los hombres jamás ha sido compatible con usted, siempre su vitalidad la abandona un par de días después de tomarla. Para que el ritual perdure, necesitará la sangre de una sirena, no la del tritón.

Ivel tenía abiertos los ojos como platos, no decía nada, estaba en shock. Tantos esfuerzos y planes durante años, tanta espera para que un miembro de Atlantis tocara tierra firme, y ahora esto. ¡Tanto para que el que llegara hasta ella fuera un hombre y no una mujer! Tenía que haber un error; la profecía habló de una sirena, no de un tritón. Algo extraño estaba ocurriendo, la anciana, que partió de Sarigonia con el tal Antu, también había hablado de una sirena; el hada esperaba a su amiga Cora, no a su amigo Corsa. ¡Dios mío! ¡Tenía a la sirena equivocada! Comenzó a sentir un hoyo en el estómago, su plan estaba fallando. Cora y Corsa tenían que estar relacionados, esto no podía ser una coincidencia. Se levantó de la cama y se puso a caminar, o más bien a trotar hacia la alcoba donde habían encontrado a la anciana. Los guardias no sabían qué pasaba, pero era la primera vez que la veían apresurarse a algún lugar; algo les indicaba que su fuerte líder comenzaba a desmoronarse. Esto le preocupaba a Ivel, era de suma importancia no perder la credibilidad estando ya tan cerca de su objetivo.

La puerta se abrió y la anciana giró lentamente para ver la llegada de su visitante. Sonrió, no reconocía a esta muchacha, a decir verdad, no reconocía nada de donde estaba y aunque sentía la necesidad de buscar algo, no recordaba con exactitud qué era.

—¡Oh abuela! Necesito que me sigas contando tus historias de sirenas—, dijo Ivel alterada.

—Hola linda, ¿con que sirenas, eh?—, contestó Alexa traviesamente.

Ivel ya no podía aguantar sus pesados nervios, caminó hacia la ventana, miró hacia el desierto y respiró hondo. Tanto misterio, algo se le estaba escapando y nadie parecía cooperar con ella, ni siquiera la cochina vieja la ayudaba. Retornó su vista hacia la alcoba y aprovechando que la anciana le daba la espalda, le golpeó la cabeza tirándola al suelo.

—Oh abuela, ¿estás bien? Te has caído, déjame ayudarte—, le dijo Ivel mientras se agachaba hasta ella fingiendo preocupación.

—Ay linda, me he lastimado la espalda. ¡Cómo me duele la cabeza!—, jadeó la anciana sin poder levantarse del suelo.

—Ay abuela, será mejor que te distraigas del dolor en lo que éste pasa, me estabas contando de tu amiga Cora, ¿recuerdas?— intentó persuadirla Ivel.

—¿Corsa? ¿Cómo estará, hace años que no le veo?—, contestó la anciana en agonía.

—No, Corsa no. ¡Cora!—, le contestó Ivel desesperada.

—Por eso, Cora—, dijo Alexa desde el suelo.

—Es que habías dicho Corsa... Olvídalo anciana—, se desquiciaba Ivel.

—Corsa, Cora es lo mismo, linda—, contestó Alexa.

Ivel se detuvo mirándola fijamente, ¿acaso estaba tonta esta vieja? Asombrada, comenzó a deletrear el nombre.

—C-O-R-A no es lo mismo que C-O-R-S-A. Espera un momento—, se detuvo Ivel, ¡eso era! Ahora lo comprendía todo: C-O-R-s-A—. Alexa, ¿me estás diciendo que Cora y Corsa son la misma persona?—, preguntó anonadada la Reina.

—Claro Linda, las sirenas cambian de sexo cada ciclo lunar—, contestó adolorida la pobre anciana.

Ivel no podía creerlo, ahora todo hacía sentido, las piezas del rompecabezas acababan de unirse. La profecía estaba ocurriendo, Cora estaba en su poder. Se levantó sonriendo y se dirigió hacia la puerta; estaba a punto de salir cuando oyó a Alexa decir:

—Linda, ¿me podrías ayudar a levantarme? Me duele mucho la espalda.

—Pero abuela, si acabas de pedirme que te deje un momento en el piso para que recobraras el aliento—, le dijo Ivel antes de cerrar la puerta y pensar en cuánto odiaba a los ancianos.

—¡Alysa!—, gritó Corsa esperando verla al abrir los ojos. Pero en vez de encontrar a su amiga, se encontró con un frío cuarto lleno de espejos. ¿Estaría viva? ¿Qué había pasado? Lo único que podía ver eran los espejos con marcos barrocos que adornaban todas las paredes. Incluso el techo estaba cubierto de ellos en forma de pirámide, lo cual resultaba muy confuso para la vista, especialmente si uno estaba despertando. En los rincones del cuarto altas velas, que casi llegaban al techo, proveían muy poca luz para iluminar todo el espacio, pero la suficiente como para darle cabida a los reflejos. Miró a los miles de Corsas que le devolvían la mirada y sintió terror. ¿Dónde estaba? Todo debía ser una gran pesadilla. De pronto la habitación comenzó a oler a podrido, eso sólo podía significar una cosa. En ese momento se abrió una puerta, una que no había notado por tantos reflejos, y entró de nuevo la encapuchada figura roja, cerrando la puerta detrás de ella. Lentamente subió sus finas manos hacia el gorro que le cubría le rostro y lo retiró con delicadeza, mostrando un semblante frágil y en pena. Los ojos cristalinos de Ivel miraban fijamente a Corsa. Tras un ligero temblor la roja figura comenzó a derramar lágrimas, aunque no mostraba expresión alguna.

Ivel caminó hacia Corsa, se puso de rodillas frente a él y sorpresivamente, comenzó a acariciarle la frente. Corsa estaba aterrado, pues esta mujer parecía estar completamente loca. De pronto la oyó decir de la nada:

—¿Apolo?

En ese momento recordó todo lo que había pasado: El castillo, la Reina roja, la torre llena de agua, Alysa ahogándose, él atacando y finalmente, los labios de Ivel pronunciando el nombre Apolo.

—Lillith—, contestó Corsa en voz baja, aterrado y furioso al mismo tiempo.

—En realidad me dicen Lilev, ya nadie me llama por Lillith hoy en día—, contestó sarcástica.

—Lillith murió hace muchos años, no puedes estar viva—. Entonces se calló y analizó que acababa de pronunciar Lilev, ¿Lillith y Lilev eran la misma persona? Había sido un engaño, Apolo no la había asesinado. ¿Para qué querría ella a un hada, o más bien para qué la querría Apolo?

—¿Dónde está Kaia?—, le preguntó ahora más fuerte, sabiendo que era ella a quien habían mencionado los piratas.

Ivel lo abrazó.

—Shhh, tranquilo bebé, todo va a estar bien, de nuevo estamos juntos.

Corsa la apartó incrédulo.

—¿De qué estás hablando? Yo no soy Apolo, creí que tú eras su Reina.

—Cariño, ningún hombre podría ser tan bello y no ser Apolo, a mí no me engañas—, dijo y comenzó a besarlo desenfrenadamente, infestando su cuerpo con ese olor a putrefacción.

Corsa sintió ganas de vomitar. Con gran esfuerzo logró zafar su cara y dijo:

—¡Lillith, yo no soy él, mi nombre es Corsa!—. Ivel se incorporó y Corsa continuó—, no soy humano Lillith, los tritones y las sirenas somos bendecidos con increíble y abundante belleza. Yo no soy él—. Ahora Corsa estaba más confundido que nunca, ¿qué estaba ocurriendo? ¿Porqué lo confundía con Apolo? ¿Porqué el libro decía que ella estaba muerta?

Ivel se levantó indignada y caminó a la salida, evidentemente los argumentos de Corsa no habían logrado convencerla. Abrió la puerta con brusquedad y en ese momento, Alysa cayó de rodillas frente a ella. Estaba desahuciada, su larga cabellera le cubría toda cara; los palillos ya no le sujetaban el hermoso peinado, sino que estaban amarrados a lo que parecía ser un nido caótico. Aquella mujer fuerte y decidida se había ido, dejando una huella de lo que alguna vez fue, de la felicidad que alguna vez había invadido ese cuerpo. Detrás de ella se encontraban Elros y Ébano, sujetados por cadenas y llevados por guardias del castillo.

—¡Ay pero que dramática! Lleva horas llorando por la difunta Reina, ¿acaso la conocía? No me digan, era la criada—, dijo Ivel divirtiéndose.

—Alysa es la Princesa legítima y heredera al trono—, gritó furioso Elros—. No como tú, usurpadora—, dijo con un tono más bajo.

—¿La prin...? ¡No bueno, esto cada vez se pone mejor! ¡Una princesa y una sirena en mi castillo!—, exclamó Ivel entusiasmada—. ¿Y tú qué eres?—, le preguntó divertida a Elros—. ¿Una vaca?—, dijo sarcásticamente.

—¿Qué piensas hacer conmigo?—, preguntó Corsa asustado, pero ocultando el miedo en su voz lo mejor que pudo.

—Sabes, la curiosidad mató al gato—, le respondió, y con una velocidad imposible de alcanzar para cualquier humano, Ivel apareció frente a Corsa, mirándolo con sus ojos felinos, rozando su cara.

Olía a putrefacción, a basura.

—Dímelo—, susurró Corsa sin saber lo arrepentido que estaría unos segundos después.

Ivel sonrió mostrando sus afilados colmillos, que hicieron a Corsa voltear la cara y perder el aliento. Entonces ocurrió lo impensable, en un sólo suspiró Ivel se encontró levantando a Alysa por el cuello. Su sonrisa se alargó de manera sobrenatural; todos sus dientes se transformaron en alargados colmillos. Abrió la boca, dislocando la quijada para abrirla al doble del tamaño de lo que abre una boca normal. Instantes después mordió el cuello Alysa, succionándole la sangre y la juventud.

—¡Nooooo!—, gritó Elros tratando de zafarse inútilmente.

Aquello que mordía a Alysa no era humano. Lo que duraba un par de segundos parecía en realidad una eternidad. Corsa sentía cómo el miedo paralizaba sus músculos y lo forzaba a observar sin poder socorrer a su querida amiga. En segundos, el cabello de Alysa abandonó su intenso color café y fue reemplazado por un cabello gris poco abundante. Más de la mitad cayó al suelo.

Ivel alejó a Alysa sin soltarla e hizo una cara de disgusto. Con toda la boca ensangrentada, saboreó la sangre que acababa de beber y después la miró furiosa.

—¡Sucia impostora!—, le gritó antes de arrojarla con fuerza contra la pared. ¡Esta sangre está contaminada!—, continuó—. ¡Tiene cáncer terminal! ¡Desgraciada, me las vas a pagar!

Ivel salió furiosa por la puerta, seguida de los guardias que cargaban a Ébano y al pobre de Elros que gritaba sin cesar:

—¿De qué está hablando? ¿Qué le ha hecho? ¡Contéstenme!

La puerta se cerró abruptamente, dejando solos a Corsa y a la anciana Alysa.

Corsa tardó un momento en recuperar el aliento y poder acercarse a aquella viejecita. Le levantó el rostro con cuidado y la miró a los ojos fijamente. Era indudable, aquellos tiernos y fuertes ojos correspondían a su amiga de toda la infancia. Su esencia era la misma, aunque la piel había perdido su elasticidad, llenando de arrugas toda su cara. Sus ojos se habían tornado un tanto amarillos, igual que sus dientes. Su nariz y sus orejas habían crecido bastante, mientras que sus brazos y piernas se habían adelgazado, dejando ver la silueta de los huesos cubiertos por una ligera capa de piel colgante. Sus senos ahora caían sin forma y parecía haberse encogido varios centímetros, lo que la hacía ver más frágil y pequeña. Por alguna razón Corsa, a pesar de sentirse tan avergonzado, sintió una repulsión inexplicable hacia su amiga, entonces comprendió que odiaba todo en aquel castillo. Todo lo que tocaba la Reina roja se volvía fruto de su odio y ahora, Alysa también era un fruto podrido. La odiaba, la detestaba, le había quitado algo que él jamás pensó que alguien le podría quitar, le había quitado la posibilidad y la ilusión de compartir todas las etapas de su vida con su mejor amiga. Ni la muerte, ni tierra firme, ni incluso Atlantis habían logrado separarlos; sin embargo, el tiempo parecía ahora distanciarlos irreparablemente. Fue justo en ese momento que sintió una gran culpa por haber abandonado tierra firme, por haberse marchado y haber perdido gloriosos años de sus amigos. Quiso decir unas palabras, pero justo cuando abrió la boca para hablarle a Alysa, la puerta se abrió de golpe y entró aquella alta y tétrica sombra. Se delizó hacia Alysa con movimientos sigilosos y, antes de que Corsa pudiera decir no, Alysa fue acarreada hacia el otro lado de la puerta. Ésta se cerró con violencia y Corsa se aventó hacia ella, golpeándola con todas sus fuerzas, gritando e intentando abrirla, pero todo era inútil. Finalmente giró para contemplar su soledad, pero no estaba solo, sus miles de reflejos traicioneros lo miraban y lo atormentaban.

En otra torre oscura y sucia, una puerta se azotó bruscamente contra la pared. Una de las hadas, que se encontraba presa en el capelo, saltó del susto y comenzó a volar estrellándose contra el cristal. La otra no presentó reacción alguna y permaneció acostada sin moverse, o sin siquiera notar el portazo.

—La tengo—, dijo Ivel mientras entraba en la habitación.

Kaia paró de aletear y se puso las manos sobre la boca.

—La tengo—, repitió Ivel incrédula—. Atrapé a Cora—, balbuceó, pensando en cuánto se parecía Corsa a su antiguo amante—. En unos días el hermoso tritón cambiará de sexo y todo esto habrá terminado.

Tomó un momento para mirar al hada angustiada a través del cristal y trató de imaginarse cómo habría sido su amistad con el hermosísimo Corsa. Qué habría hecho para ganarse su fidelidad, para atraerlo aquí a las fauces del infierno, para hacerlo abandonar Atlántida y renunciar a su vida, con tal de salvar una minúscula hada. Sintió los celos hervir en su cabeza y la furia remplazar su nostalgia. La miró con ojos llenos de odio y le dijo:

—Morirás hasta que él muera. ¡Quiero que lo oigas agonizar! Que sientas su dolor y presencies su corazón apagarse.

Entonces Ivel salió, dejando desolada a la pobre Kaia. Quiso despertar a Magda, que llevaba ya unos días sin moverse, pero no lo consiguió. Era demasiado para ella concebir en esos momentos que se encontraba sola, por lo que se recostó a lado de su fiel hermana y pretendió que su cuerpo inerte seguía con vida.

Ivel lo tenía todo, todo lo que siempre había querido ahí estaba y, sin embargo, no la hacía tan feliz como ella pensaba que sería. Aunque todo parecía ir acorde al plan, no se sentía como si lo fuera. Entonces llegó uno de sus oscuros discípulos para enterarla de las noticias.

—Mi señora, las fuerzas de la resistencia han llegado a Askar, me temo que la guerra ha comenzado—, dijo él serenamente.

—¿Qué? ¿De qué estás hablando?—, preguntó ella estupefacta.

—Los ciudadanos de Sarigonia, Kaleia, Ámber y otros más, que se han unido a la batalla, han llegado al castillo y se encuentran en este momento peleando con sus soldados, mi señora. Son demasiados y todo indica que aumentarán en numero conforme pasen los días, ya sólo es cuestión de tiempo antes de que penetren el castillo—, dijo él y esperó su reacción.

—Que vengan a mí, los estaré esperando—, dijo ella sonriendo.

El discípulo asintió y se dispuso a retirarse cuando la oyó decir:

—Ni una palabra de esto a los prisioneros.

Pasaron los días y Corsa comenzó a perder la cabeza entre tantos espejos. Rompió algunos, hasta que finalmente se quedó acostado sin moverse, mirando hacia el techo, hacia sus mismos ojos que lo miraban desde arriba. Habían transcurrido algunos días y no había comido absolutamente nada de lo que le traían, sin embargo, cada día volvían a traer charolas nuevas llenas de varios aperitivos, platos fuertes, postres y bebidas. Entre más días pasaban, más comida le ponían en la charola, teniendo la esperanza de que algo se le antojaría, pero no era así. Corsa había perdido el gusto por la comida, por todo en realidad, y se preparaba para abandonar la vida.

Claramente escuchó cómo abrían una puertita y empujaban varias charolas por ahí, pero eso no pudo desviar su atención. Corsa continuaba mirándose en los espejos y recordando todo: Su niñez en el castillo, el abandono del padre de Alysa, las travesuras con Elros, el comienzo de su amorío, las tantas visitas al mar y su llamado, el descubrimiento del cómico árbol que buscaba ser humano y tantas experiencias compartidas con Kaia. Habían sido cinco grandes amigos que ahora se separaban, aunque en realidad se habían separado desde hacía ya un tiempo. Recordó la despedida de Antu, la alegría de Alysa al incorporarse a la comunidad de Ámber y el camino que finalmente los llevó a Kaia y a él hasta la bahía sagrada.

—Kaia, si lo hago jamás podré regresar—, le dijo Corsa antes de entrar a las misteriosas aguas.

Aunque la emoción predominaba en sus sentimientos, también lo entristecía el hecho de abandonar tierra firme para convertirse en una sirena, porque abandonar tierra firme implicaba despedirse de sus amigos para siempre, puesto que las sirenas jamás podían salir de Atlántida.

—Lo sé—, le respondió Kaia con un nudo en la garganta mientras volaba a su lado.

—¿Por qué me ayudaste si sabías que no me volverías a ver? —, le preguntó Corsa.

—Porque a mi lado no hubieras sido feliz. A veces uno debe dejar morir unos sueños para darle lugar a otros—, lo animó Kaia.

Corsa la miró con ternura, acarició con su mano los pétalos que la envolvían y le ofreció su última sonrisa como humano. Le sonrió honesta y dulcemente, alentándola a dejarlo ir. Miró hacia las aguas y caminó directo a ellas, sabiendo que en un tiempo determinado terminaría su vida como humano. Los primeros pasos fueron fáciles, como caminar en agua caliente, pero mientras más se adentraba la sensación de agujas entrando por su piel aumentaba. Para cuando el agua cubría la mitad de su cuerpo el ardor era infinito, pero Corsa no se quejaba, mantenía su grande sonrisa en alto. Miró su piel derretirse bajo los fuertes ácidos y por un momento sintió miedo, más no arrepentimiento. En unos instantes ya sólo flotaba su pelo sobre el agua y Kaia se preguntó si había cometido un grave error. Aterrada, se acercó volando hasta los restos de su amigo, pero de pronto resurgió del agua una cabeza perfecta de abundante cabellera. Kaia vio a la criatura de preciosos ojos verdes mirarse las manos, apreciar sus pechos firmes y deleitarse con su diminuta cintura, seguida por una amplia cadera cubierta de brillantes escamas. Era el ser vivo más hermoso que había visto Kaia. La sirena sonrió extasiada y se apresuró a introducirse completa en el agua, sin antes aletear su magnífica cola en el aire. Kaia miró el vacío que había dejado la hermosa sirena y dijo:

—Suerte Cora.

Y voló tan alto como pudo convirtiéndose en un pequeño punto en el cielo, para después desaparecer en el firmamento.

Corsa lo recordaba todo como si estuviera viviendo de nuevo cada momento. Recordó cómo nadó hasta Atlántida, la hipotermia y los sangrados, a Telxinoe acogiéndola y a su confidente Alexa. Recordó también el llamado de auxilio de Kaia y el retorno a tierra firme, donde finalmente había encontrado a Ébano, al dulce y fuerte Ébano, negro como la noche, veloz como el viento, que se había adueñado de su corazón.

La puerta se abrió, no la pequeñita, sino la grande, y Corsa se preguntó cuánto tiempo habría pasado, si habrían pasado horas o días, no estaba seguro.

—Sabes, no tiene que terminar así, tú y yo juntos podemos lograr lo que sea—, le dijo Ivel, mientras se acercaba a aquel hombre consumido y delgado.

Corsa apartó su vista por primera vez en días del techo y la dirigió hacia Ivel.

—Prefiero morir que oler tu podrido aroma un día más—, le contestó.

—Si así lo prefieres, morirás mañana junto con todos tus amigos.

Aquellas palabras retumbaron en los oídos de Corsa y, por primera vez, comprendió que las vidas de todos dependían de la suya. Instantes después escuchó cómo Ivel salía, entonces se apresuró a gritarle:

—¡Alto!

Ivel giró para ver qué tenía Corsa que decir y vio algo que la horrorizó: Corsa sostenía en su mano un pedazo de espejo que amenazaba con cortarle su garganta.

—Un paso más y me mato—, sentenció él, pero Ivel comenzó a caminar hacia el tritón segura de que no se haría ningún daño.

Entonces el cuello de Corsa se pintó de rojo, e Ivel quedó paralizada al ver el hilo de sangre escurrírsele por la garganta. Corsa hablaba en serio.

—Dejaré que hagas lo que quieras conmigo, siempre y cuando perdones la vida de todos mis amigos. De todos, ¿entendido?—, le dijo Corsa.

—¿Y si me rehúso?—, preguntó Ivel aterrada.

—No veré otro amanecer y tú perderás a tu sirena.

—Trato hecho—, respondió Ivel.

—Escríbelo—, le ordenó Corsa sin soltar el cristal o siquiera aflojarlo de su cuello.

Desde atrás de la puerta entró uno de aquellos discípulos encapuchados y le ofreció un pergamino a su ama. En él escribió el trato y luego se lo entregó al mismo discípulo. El ser caminó hasta Corsa y le ofreció el documento. Fue entonces cuando Corsa notó por primera vez que aquella mano portaba una piel muerta, azulada, maloliente. Tomó el pergamino y lo leyó apartándose de aquella podrida criatura. Todos estaban ahí, cada uno de sus amigos, incluyendo a Kaia; entonces se lo devolvió, pero antes de que todos terminaran de retirarse Corsa dijo:

—¿Acaso creen que soy tonto?

Ivel puso cara de inocente, aludiendo a que no sabía de qué hablaba.

—Fírmalo, Lillith—, le ordenó Corsa, pero el documento ya estaba firmado.

—No sé de qué hablas. Ya está firmado—, contestó inofensivamente Lillith.

—Con sangre, Lillith—, dijo Corsa.

Entonces Lillith perdió su cara de ingenua, reemplazándola por un cruel y molesto rostro. Sin retirar la vista de Corsa, abrió la boca, mostrando sus alineados dientes y sus caninos comenzaron a crecer de forma sobrenatural. Levantó la mano izquierda y mordió despiadadamente su dedo índice, haciendo brotar un chorro de sangre. Luego estiró la mano hacia el pergamino y lo embarró del espeso líquido rojo.

—Suelta ese cristal, ¡ahora!—, le gritó furiosa.

Corsa, temeroso de lo que venía, pero sabiendo que debía cumplir su parte del trato, lo retiró de su cuello y lo dejó caer rompiéndolo en pedazos y ensuciando el piso con su sangre. Instantáneamente la sombra negra se filtró entre las piedras del piso y se arrojó hacia él, envolviéndolo en su tóxica esencia y dejando libre sólo su cabeza.

—Mañana es luna llena—, le dijo Ivel y cerró la puerta dejándolo solo y paralizado.

Ivel caminaba furiosa hacia su alcoba, cuando el discípulo encapuchado le recordó:

—Alteza, no necesito recordarle que el trato es irrevocable. Otra maldición sería desastrosa.

Ivel se detuvo atónita y bajó la mirada para ver a la figura encapuchada. Levantó su mano y abofeteó al pequeño discípulo, pero éste continuó:

—La resistencia ya terminó mi señora, sus soldados han sido vencidos y ahora los enemigos planean su entrada al castillo.

Incrédula de que siguiera hablándole, lo volvió a abofetear, pero esta vez con mucho más ímpetu que la anterior. Fue tanta la fuerza del golpe que del guardia se desprendió una sustancia verdosa, que parecía ser los restos de una piel muerta, que quedó embarrada en la pared de enfrente.

CAPÍTULO 18

LUNA LLENA

Antu llevaba días oculto en el Bosque Encantado sin saber muy bien qué hacer. Los primeros días había intentado llegar al castillo, pero siempre que estaba a punto de cruzar la frontera, los guardias ya estaban esperándolo del otro lado. Así que decidió adentrarse en el desierto, lejos de la vista de sus enemigos y permanecer ahí un par de días para perderles la pista. Tal como lo había pensado, los guardias desistieron de esperarlo, pues pensaban que lo más probable era que muriera de sed o insolación, pero estaban equivocados.

El bosque efectivamente no estaba muerto del todo, si lo estuviera no lograría hacer alucinar a sus visitantes. Ahora que Antu se encontraba en él, le ofrecía amablemente riachuelos donde beber, plantas para comer e incluso cuevas donde refugiarse del inclemente sol. Aunque el tiempo era bueno, Antu sabía que ya era hora de regresar, así que se despidió de su antiguo hogar y, sintiendo la adrenalina en la sangre, se acercó sigiloso al castillo. Desde lejos podía ver a la gente aglomerarse alrededor del palacio, pero esta vez no había nadie esperándolo. Así que, cuidadoso de no estropear su plan, cruzó la frontera pecho tierra, con el arco de Alysa sobre su espalda y se acercó lentamente hacia el lugar donde tenían aprisionados a sus amigos.

La tarde se acercaba, Corsa podía presentirla. A diferencia de los últimos días en los que había perdido toda la noción del tiempo, ahora que sus minutos estaban contados, su cabeza no podía parar de enumerarlos. Aunque quería sentirse sereno y firme en su decisión, el arrepentimiento inundaba su cabeza frecuentemente.

Cuando escuchó los pasos a través de la puerta, una ola de escalofríos le cimbró la espalda. Pronto el olor a podrido se coló por debajo de la puerta; eso sólo podía significar una cosa. Cuando la puerta se abrió, entraron velozmente aquellos monjes oscuros y podridos, automáticamente la tétrica sombra que lo envolvía lo soltó y desapareció por un rincón de la torre. Corsa pensó en Ivel y en cómo, después de tanto repudiarla, deseaba ahora que lo siguiera manteniendo como prisionero para no tener que acompañar a los misteriosos encapuchados.

Sin forcejeos caminó con ellos hacia donde lo guiaban. El olor era asqueroso, pero por lo menos lo distraía un poco de su destino. Subieron lo que parecían ser todos los escalones del castillo, escaleras y más escaleras que subían en espiral, con pequeñas ventanas alargadas cada cierto número de peldaños. Por las ventanas se podían vislumbrar los últimos rayos del sol pintar de rosa el cielo y, al otro extremo del horizonte, pintarlo del color del mar. Cuando finalmente llegaron a la puerta, todos estaban cansados por el recorrido, pero eso no parecía achicar el sobresalto que sentía Corsa. La puerta se abrió y Corsa tuvo que cerrar los ojos porque, aunque la luz era tenue, lastimaba su visión acostumbrada a la oscuridad de la torre. Tardó en ajustarse a la escena, pero una vez que lo hizo, vio que había llegado al techo de una de las torres que, a juzgar por el cielo despejado, seguramente era la más alta. Las paredes eran muy bajas, sólo delimitaban el terreno circular y dejaban que el cielo se mezclara con el territorio. Frente a él, al centro del cuarto, se encontraba un especie de mástil de madera con una tabla atravesada de la cual colgaban varias cadenas. El mástil estaba colocado encima de algunos escalones de piedra que tenían por debajo una gran tina de cristal vacía. Arriba, un cristal redondo, sin ningún propósito, coronaba la habitación. Alrededor de él se agrupaban los monjes. A los costados de la terraza varios conos agrupados apuntaban hacia abajo, Corsa dedujo que eran grandes megáfonos que gritaban las sentencias. Tal vez querían compartir el show con los guardias de abajo. A cada lado del mástil había otros mástiles más pequeños que servían para los prisioneros menores; Ébano y Elros se encontraban amarrados a éstos. Dos misteriosas ancianas estaban sentadas frente al mástil central y, aunque ambas permanecían ahí sin inmutarse, no parecían estar amarradas, lo más probable era que su edad no les permitiera andarse moviendo de un lado a otro. Corsa las reconoció rápidamente, eran Alysa y Alexa, quienes ya habían sufrido las consecuencias de sus actos. Verlas ahí sentadas le devolvió el coraje que había creído perder y, seguro nuevamente de sus convicciones, siguió a los monjes que lo conducían al mástil central. Subió las escaleras y notó que Ivel no estaba presente. Elros y Ébano protestaban, él se introdujo en la tina vacía, levantando los brazos para que lo amarraran. Entonces oyó el escándalo, algo se encontraba abajo y hacía mucho ruido.

Mientras tanto, unas habitaciones más abajo, Ivel se había parado frente al capelo que aprisionaba a las dos indefensas hadas. Las miraba con fascinación, no lograba entender la relación tan cercana entre Corsa y Kaia, pero la fascinaba, la celaba.

—Sabes, Corsa morirá en un par de minutos. Me hizo prometer que no te haría daño, pero verás, aunque es un trato irrevocable, puesto que lo firmé con sangre, no puedo cumplirlo. No puedo vivir sabiendo que tú vives—. Kaia no estaba segura de lo que estaba diciendo, pero siguió escuchando, esperando el veredicto final—. Sé que hacerte daño me maldecirá por siempre, pero es un riesgo que debo tomar si quiero vivir tranquila por el resto de mis días—, dijo Ivel naturalmente.

Kaia estaba aterrada, éste era su fin. Ivel caminó hacia la salida y tomó la vela que alumbraba la entrada.

—No te preocupes cariño, no dejaré que te vayas sin oírla agonizar. Después de todo te espera un gran accidente, un lento y doloroso accidente.

Caminó hasta las cortinas rojas aterciopeladas y puso la flama sobre ellas.

—¡Ups!—, exclamó y se llevó la mano a la boca, mientras la flama lentamente se propagaba.

Ivel sonrió y abandonó el cuarto, subiendo triunfal el resto de las escaleras de dos en dos.

Cuando llegó a la terraza, Corsa ya se encontraba atado al centro del lugar, metido dentro de una tina de cristal vacía. Prácticamente era de noche, pero la luna aún no salía. A pesar de que se encontraban al aire libre, el hedor de Ivel contagiaba todo a su alrededor, ese olor tan peculiar que le recordaba a Corsa la mismísima muerte. Ivel se veía extremadamente elegante con su capa de terciopelo rojo, que dejaba entrever sus sensuales piernas cuando caminaba. Portaba un collar de brillantes inmensos y sobre su pelo suelto llevaba una gran corona plateada con diamantes incrustados de varios tamaños.

Ébano y Elros no paraban de gritar de coraje, fue entonces cuando Ivel comenzó a molestarse. Los amenazó con darles una paliza, pero no se callaron. De pronto, apareció el hombre sombra y todos guardaron silencio. Esto permitió que escucharan con mayor claridad el ruido que provenía de la parte inferior de la torre; se escuchaba como si hubiera una muchedumbre, lo cual era poco probable porque ni siquiera todos los guardias juntos podrían provocar tal alboroto.

Asustados y confundidos, observaron a la sombra dirigirse hasta Corsa y deslizarse por el mástil central hacia el cristal redondo. Pero sólo cuando vieron cómo lo giraba lograron comprender que era un espejo, en el que se reflejaban todas las aldeas humanas o fantásticas que se encontraban al pie del castillo. De ellas provenía el ruido, el espejo aumentaba la imagen, por lo que parecía que el tumulto estaba relativamente cerca o viceversa. Entonces continuó Ivel alegremente, ahora dirigiéndose hacia la enardecida muchedumbre.

Debajo, la gente buscaba formas de infiltrarse al castillo, pero no sabían cómo, pues los que lo habían intentado primero, habían sido succionados por una sombra malévola que los había arrastrado hasta el silencio de la oscuridad. Habían intentado emboscar con flechas, pero éstas también desaparecían; incluso intentaron arrojar una gran piedra, pero ésta se desvaneció en la sombra por varios minutos y después regresó hacia ellos, logrando matar a algunos guerreros.

Los combatientes permanecieron impotentes e indefensos, escuchando las palabras de la Reina malvada y esperando a que llegara lo peor, Apolo.

—Ciudadanos de todos los cochinos pueblos, me da gusto que hayan venido hasta acá para presenciar mi triunfal coronación. Hoy la sirena profetizada morirá y yo subiré al trono con toda mi fuerza para gobernar Tierra firme. No es necesario recordarles que quien esté en mi contra mo...—, Ivel fue interrumpida de pronto.

Enfurecida, se volteó violentamente para callar a su interruptor, pero de pronto una extraña melodía la hipnotizó a ella y a todos los presentes. Inmediatamente todos guardaron silencio y giraron la vista hacia Corsa para poder admirarlo mientras cantaba con aquella sensual y erótica voz que nunca habían escuchado antes. Corsa cantaba una melodía muy fuerte, pero no parecía costarle trabajo mantener la voz en un tono tan alto. Toda la gente estaba boquiabierta, hasta la misma Ivel permanecía atónita ante aquella canción que se iba llenando de tristeza en cada nota.

Antu, varios pisos abajo, escuchó la triste melodía y supo al instante que se trataba de Corsa. Tenía que ayudarlo. Miró hacia arriba un momento y pudo ver con claridad la alta cabeza cubierta de pelirrojos rizos portando la corona robada de la Reina. Era la impostora, la que mantenía aprisionada a sus amigos por razones que desconocía. Lo único que sabía Antu era que debía eliminarla para ayudarlos a todos. Agobiado, miró a su alrededor como si de pronto fuera a encontrar un milagro que lo ayudara.

Antu no podía creerlo, era demasiado bueno para ser verdad, ahí estaba el milagro. Las flechas de Alysa estaban ahí, tiradas sobre el pasto, esperando a que alguien las tomara. Se acercó y notó que todas estaban rotas, hasta el carcaj estaba roto, todas excepto una. Era un señal, ahora estaba seguro de que no era una coincidencia: Su tiro mataría a la Reina y los salvaría a todos. Levantó el arco con seguridad, acomodó la flecha y la estiró sobre éste; una sola flecha, un sólo tiro, una sola oportunidad. Apuntó directo hacia la cabeza de la impostora y, sabiendo que lo lograría, soltó la flecha y observó su rápida trayectoria hacia la Reina.

La flecha volaba hacia su objetivo, pero pronto, por la altura, cambió su rumbo y entró en una habitación más abajo de donde se encontraba la Reina. Antu no podía creerlo, había fallado y ahora la

JUAN IGNACIO ZERMEÑO REMIREZ

impostora caminaba fuera del alcance de su vista, les había fallado a todos.

Los combatientes, sorprendidos, vieron la flecha entrar sin ningún problema. ¿Quién había disparado? Corrieron hasta donde suponían se encontraba el aquero y vieron a Antu con el arco en mano.

—Rápido Antu, dinos cómo lograste penetrar el castillo—, suplicó Aegnor.

—¿Aegnor? ¿Qué haces aquí?—, le preguntó confundido Antu con señales de decepción en su voz.

—Antu, no hay tiempo que perder. En cualquier momento resurgirá Apolo para destruirlo todo, a menos de que nos digas cómo lograste que esa flecha entrara al castillo—, dijo Aegnor con severa preocupación.

—Pues no lo sé en realidad. Sólo sé que estas flechas y este arco se los regalé a Alysa hace un tiempo. Yo mismo lo hice con madera del Bosque Encantado—, respondió Antu comprendiendo la urgencia.

De pronto todos comprendieron por qué estaba aniquilado el bosque encantado: Ivel no tenía control sobre el bosque, es por eso que lo había covertido en tierra árida: El desierto tenía el propósito de lograr que ella fuera invencible.

Minutos antes, en medio de las flamas, Kaia gritaba desesperada para que alguien la ayudara. La habitación ardía en llamas y el humo llenaba todos los rincones. El vidrio que las aprisionaba les quemaba la piel, parecía que iban a morir horneadas o incineradas.

—Magda, despierta por favor.

La sacudió Kaia, sabiendo muy dentro de su corazón que Magda ya no estaba dormida. Siguió sacudiéndola mientras sollozaba, mojando el cuerpo inerte de su amiga y hermana. Finalmente se detuvo y se recostó a su lado llorando, sintiéndose más sola que nunca, resignándose a que la muerte también se apoderara de ella. Cerró los ojos y sintió cómo su destino se soltaba de la vida.

Comenzaba a renunciar cuando de pronto una flecha inesperada entró por la ventana y rompió el capelo. Kaia estaba confundida, ¿qué había pasado? Sin embargo, no había tiempo para preguntas tontas, el humo que antes no entraba en su prisión ahora llenaba sus pulmones y le irritaba los ojos. Se hincó a lado de Magda y comenzó a deshojarla tan rápido como pudo los pétalos que envolvían su cuerpecito. Kaia pensó que sería muy fácil hacer eso, pero estaba equivocada. Sentir el frío cuerpo de su amiga sobre sus manos le aterraba, la hacía sentir no sólo frágil, sino inmensamente triste.

No le quedaba mucho tiempo para salir de ahí, las lágrimas no la dejaban ver correctamente lo que hacía, pero por lo menos protegían sus ojos del ardiente humo. Continuó desnudando el cuerpo de Magda hasta que llegó a su corazón. Era ahí donde se encontraba la semilla que llevaría consigo a su propia muerte. De ésta podría renacer una hermosa flor que cumpliría con el tiempo su ciclo de metamorfosis y se convertiría en la misma hada que la engendró, aunque ésta perdería todo recuerdo de su madre o su vida pasada. Tomó la semilla, la guardó bajo sus pétalos y comenzó a volar, esquivando las flamas hasta la ventana. Salió hacia la noche, sintiendo algo que jamás pensó que recobraría: Libertad. Por un momento casi sale volando lejos de ese lugar, pero antes de poder hacerlo escuchó el canto de su amigo Corsa. Voló sigilosa hacia el origen de la melodía y analizó la escena. Entonces vio que Elros y otro muchacho se encontraban amarrados, igual que Corsa, pero que Alysa se encontraba libre, sentada en una silla. Sin siquiera notar lo vieja que estaba, voló intrépidamente hasta ella y se escondió dentro del poco cabello que aún conservaba su amiga humana. Las hadas no caracterizan a los seres por su edad, ésta les es irrelevante, en cambio los tratan por su esencia; es por eso que ni siquiera se había dado cuenta de que la razón por la cual no estaba amarrada Alysa era porque ahora se movía con grandes dificultades debido a su vejez.

Corsa continuó cantando, robando la atención de todos. Esto había posibilitado a Kaia llegar hasta Alysa sin que ni siquiera él la percibiera. Continuó su canto hasta que los primeros rayos de luna llena se asomaron a través de las montañas. Sin detener su melodía, su cuerpo inició la transformación; primero por las caderas que comenzaron a ensancharse, luego la cintura se achicó. Su cabellera larga y hermosa que caía sobre sus grandes pectorales, ahora cubría lo que parecían ser senos perfectamente curveados. Sus costillas se le asomaban, igual que la clavícula y sus piernas se separaban, dejando un hueco entre ellas. Los brazos a su vez perdían musculatura y se le encogían los hombros, mientras que sus manos se achicaban y estilizaban. El vello se caía con el viento, dejando una piel suave y tersa, mientras que en su rostro decrecía su fuerte mandíbula, resaltando ahora los pómulos y arqueándose las cejas hacia arriba. Sus ojos y sus labios crecían, mientras que su nariz se achicaba y, finalmente, su manzana de Adán desaparecía, haciendo que su voz cambiara de grave a aguda y la melodía a una dulce balada. Todos la miraban asombrados, se habían ya acostumbrado a la virilidad y guapura de Corsa, pero esta nueva belleza, sensual e inocente, los dejaba idiotizados.

Ébano no lo podía creer, Cora estaba ante sus ojos donde antes había estado Corsa, pero ahora era Cora; ella detuvo su canto y lo miró avergonzada.

—¿Cora? ¿Eres tú?—, le preguntó Ébano confundido, todos permanecían en silencio.

—Lo siento Ébano... pensé que nunca lo sabrías—, le contestó Cora avergonzada.

—No lo entiendo, Cora. ¿Cómo que nunca? ¿Pensaste que no me daría cuenta viéndote a diario?—. Cora desvió la mirada hacia el suelo y Ébano por fin comprendió cuál había sido su plan desde el comienzo—. Pensabas irte, ¿verdad? Y nunca volverme a ver.

—No fue así Ébano, bueno tal vez en un principio sí, quería regresar a Atlántida después de que todo esto acabara, pero luego, luego todo se complicó—, dijo Cora sintiendo cómo las lágrimas le inundaban los ojos.

—Tú, ¿me usaste?— Preguntó decepcionado Ébano.

—¡No lo puedo creer!—, interrumpió Ivel—. Todo este tiempo me has engañado. Yo pensando que querías salvar a tu amiga la luciérnaga esa, cuando en realidad era él a quien querías salvar—, dijo Ivel sorprendida.

—¿Cora, de qué está hablando?—, preguntó Ébano sintiendo náuseas en el estómago.

—Tu amiguita hizo un trato conmigo: Les perdono la vida a ti y al club de los optimistas, a cambio de lo que yo quiera. Y lo que quiero es a ella claro, ¡su vida a cambio de la de ustedes!—, respondió Ivel divirtiéndose—. ¿No es genial?

—¿Por qué lo hiciste, Cora? ¡Respóndeme!—, gritó Ébano.

—Porque...—, comenzó Cora.

—¿Por qué?—, la interrumpió furioso.

—¡Porque yo no pedí esto, Ébano!—, le gritó y comenzó a llorar—. Yo no pedí...— Suspiró—, Yo no pedí amarte—, dijo suavemente Cora mientras el viento soplaba y meneaba su cabello.

—¿Qué?—, preguntó confundida Ivel—. ¿Lo amas? Ya es suficiente, ¡Dejen caer el agua!—, dijo Ivel, y entonces la tina donde se encontraba Cora se llenó en un instante de agua, provocando la metamorfosis en su cuerpo.

Sus piernas se juntaron como si estuvieran magnetizadas y pronto se infestaron de escamas iridiscentes alargando sus pies, creando una inmensa aleta bifurcada. Lo que unos segundos antes habían sido piernas, ahora era una hermosa cola de pez color aqua que por alguna razón la hacía ver incluso más hermosa. Ébano estaba pasmado por lo que acababa de escuchar. La gente desde abajo estaba horrorizada, el retorno de Apolo estaba cerca.

Ivel sacó de su capa una daga bastante filosa y la bendijo hacia la luna. Cora la observó desde donde estaba, parecía reconocerla. Claro, era la daga de Antu, la que había usado con Alexa para transformarla. Una había llevado con la otra, sólo no estaba segura de cuál. Si buscando a Alexa, por los rumores de las sirenas habían encontrado la daga, o si buscando la daga habían encontrado a Alexa. Ya no importaba, de todas formas Ivel ahora poseía ambas y aunque no estaba segura de para qué necesitaba aquella daga mágica, tampoco deaseaba saberlo. Cuando terminó de bendecirla, uno de los monjes le pasó un cáliz envuelto en una tela muy vieja. Lo desenvolvió y lo mostró al público. Éste era plateado, igual que la daga y tenía empotrado brillantes rubíes rojos. Ivel lo tomó en su mano izquierda y con la daga en la derecha se acercó a Cora, lista para comenzar el ritual.

—¡Nooooo!—, Ébano gritó—. Lo que sea que quieras con su sangre, yo puedo ofrecerte algo mejor—, gritó él, sacrificándose por primera vez por alguien. Miró a Cora con dulzura y dejó que aquel momento que le dedicaba le sirviera para decirle adiós.

—¡Ébano, no lo hagas!—, gritó Cora, pero era demasiado tarde.

Antes de que pudiera detenerlo, Ébano se transformó en la hermosa bestia que era, rompiendo todas las ataduras que lo sujetaban. Convertido en un hermoso corcel negro, abrió sus alas y dejó crecer su cuerno secreto desde donde estaba su frente. Ivel estaba desconcertada, con la boca abierta, incluso parecía preocupada. Ahí frente a ellos, estaba el último unicornio, radiante, obscuro como la noche, grandes patas musculosas, con una cabeza colosal, el distintivo cuerno de los unicornios sobre su cabeza y unas espléndidas alas sobre su lomo.

—¡Ébano, ella es Lillith!—, gritó Cora, entonces el animal relinchó y comenzó la confusión.

La gente no comprendía, en realidad nadie lo hacía. Lillith había sido cómplice de las atrocidades de Apolo, pero ella estaba muerta, Apolo la había asesinado según la leyenda.

—¡Vete, huye!—, gritaba Cora.

Ébano parecía querer hacerlo, pero luego lo dudaba y no despegaba el vuelo. Los monjes se aventaron sobre él, pero para sorpresa de todos, no lo atacaron o ataron, por el contrario, lo abrazaron; unos se hincaron ante él y otros le besaron las patas. Nadie sabía qué decir, hasta que Lillith habló:

—Durante un siglo entero he estado maldita por tu culpa, ¡por tu culpa y por culpa de tu raza me pasó esto!

Se quitó la capa por primera vez, quedando completamente desnuda frente a todos los presentes, que impactados comprendieron de dónde provenía aquel olor tan asqueroso. En medio de su abdomen una gran herida abierta dejaba al descubierto sus verdes intestinos llenos de insectos y larvas. Toda la piel cercana a esa zona tenía un tono verdoso y excretaba una sustancia amarilla viscosa. El olor se volvió insufrible; era obvio que el cuerpo de la Reina roja estaba en descomposición.

—No importa cuánta sangre beba, ni de cuántos humanos provenga, la única sangre que puede curarme de lo que tú me hiciste, ¡es la de ella!—, dijo Ivel desquiciada, señalando a Cora, perdiendo por completo su belleza.

De pronto todos los monjes se retiraron las capuchas, dejando al descubierto sus monstruosas caras. Algunos tenían la piel colgando, otros no tenían narices ni ojos; todos eran deformes y su piel verdosa se encontraba en un evidente estado de descomposición.

Ébano volvió a asustarse y comenzó a relinchar, pero los mojes ya no estaban sobre él, todos caminaban hacia Lillith, parecían molestos.

—Chicos tranquilícense. No le iba a hacer nada. Ni siquiera sabía que estaba en el castillo, de haberlo sabido se los hubiera dicho—, decía Lillith intentando convencerlos, pero cuando vio que sus intentos no daban frutos cambió a un tono más agresivo—. Está bien, si así lo quieren, así lo tendrán—, dijo mientras el hombre sombra se levantaba frente a ella.

Alto y aterrador, los tomó a todos de los pies, subiendo lentamente por sus piernas, inmovilizando a todos los monjes zombies. Ébano regresó a su forma humana y comenzó a contarlos.

—¡Un momento! ¡Ustedes son los dieciocho muchachos malditos! Los que cazaron mi raza—, dijo él, aunque no sintiendo el odio que alguna vez sintió por ellos, sino pena por lo que les había ocurrido, por los monstruos en que se habían convertido.

De pronto comprendió que ellos sólo habían sido un títere más, que habían sido manipulados y controlados, tal y como seguían siéndolo, por aquel monstruo: Lillith. Eso era, Lillith era el monstruo, siempre había sido ella. Por primera vez en siglos se descubrió la verdad. Entonces habló:

—No existe Apolo, siempre has sido tú. Tú eres la desgracia de las tierras, tú asesinaste a mi raza, tú eres Apolo—, gritó y toda la gente se calló.

Eso no hacía sentido, Ébano no sabía lo que estaba diciendo, pero entonces, ¿por qué todos permanecían callados? Porque en el fondo sabían que era cierto.

—¡Bravo!—, comenzó a aplaudir Lillith—. ¡Qué animal tan inteligente! A decir verdad, te tardaste un poco en deducirlo. Está bien, ya que todos están tan interesados, les contaré la verdad, la única que jamás se supo, excepto por una persona—. Agitó sensualmente su cabellera y como si estuviera contando una experiencia muy agradable continuó—, trescientos años atrás, mucho antes de que ocurriera la gran tragedia, un hombre perdido regresó a casa. Su leal mujer llevaba varios días esperándolo, pero, sin la esperanza de que volviera, su amor se había esfumado. Sólo le quedaba el miedo, la ira y la obsesión. Lo que alguna vez había sido un gran amor, se había transformado en puro rencor. Apolo había abandonado a su fiel esposa para buscar a una despreciable mujer mística, una fantasía, un ser etéreo. Otra obsesión que había terminado en una cruel historia. Finalmente había regresado con nada más que una vara de árbol de laurel. Lilly sabía exactamente de dónde venía, esa vara era lo que le había robado a su hombre, esa vara provenía de una sucia ninfa ladrona.

Debían pagar ambos. Con ella le costaría más trabajo, pues no conocía sus debilidades, ahora que era un simple árbol; pero él debía pagar sus fechorías de inmediato. El odio que ahora sentía por él era tan grande como para odiar a la raza humana entera, pero sobre todo a ese ser místico, a toda raza fantástica que habitara el mundo. Debía terminar con todos, debía vengarse, debían pagar todos los que le habían hecho daño.

Apolo regresaba sin entusiasmo a casa, pero lo que le esperaba era peor de lo que se imaginaba. Jamás pensó que su fiel mujer lo traicionaría como él la había traicionado a ella. Esperó con una perfecta actuación el momento indicado, ella lo saludó efusivamente, como si nada hubiera pasado y esperó la hora de la cena con una gran sonrisa falsa sobre la boca. Al llegar la hora, preparó su plato favorito: Camarones salvajes con arroz, el plato se veía magnífico, definitivamente hecho con amor. A pesar de su tristeza, Apolo comió en desmedida, olvidando su pena con cada bocado. Era como si todo hubiera vuelto a la normalidad, sólo que no había vuelto en realidad. Al poco tiempo Apolo cayó inconsciente sobre la mesa y Lilly sonrió, la primera parte de su plan había sido concretada.

Con dificultad logró atarlo a un árbol fuera de la casa, la cuerda con la que lo amarraba era gorda y la pasó varias veces para asegurar su captura. Lo ató sentado para hacerlo más fácil; le amarró las manos por detrás del árbol y las piernas por delante, era prácticamente imposible que lograra desatarse. Estaba cansada, pero apenas empezaba la diversión, fue a su habitación y comenzó a embellecerse, no quería estar desarreglada para su gran espectáculo.

Con una cuchara enchinó sus pestañas, haciéndolas lucir más grandes de lo normal; con una tiza puntiaguda se delineó los ojos en medio de las pestañas, únicamente lo hizo por arriba y, cuando miró sus ojos nuevamente, éstos se veían más almendrados, con un aspecto felino—, Lillith contaba la historia con gran entusiasmo, no se saltaba un solo detalle, era como si la historia reviviera en la mente de todos los oyentes y ahora que lo mencionaba, llevaba el mismo maquillaje sobre los ojos—. Trenzó su pelo por los costados y unió las trenzas por detrás de la cabeza. Se veía hermosa, pero algo faltaba. Su piel era perfecta y tenía un rubor natural en las mejillas, así que no podía ser su rostro, tal vez era la ropa. Miró su vestido negro y se dio asco, debía encontrar algo más provocativo que lo que traía puesto. Finalmente recordó un vestido de seda rojo y supo que eso era lo que buscaba. El vestido tenía un gran escote delantero y uno trasero que mostraba toda una pierna hasta el hueso de la cadera. Se miró al espejo y de pronto recordó lo que le faltaba, necesitaba a Apolo para esto. Salió a checarlo, seguía inconsciente, se acercó a él con una daga y le hizo una profunda cortada en el brazo. Apolo comenzó a despertar atontado, mientras que Lilly le limpiaba la sangre con un dedo y se pintaba la boca de rojo intenso.

—*Buenos días, grandulón*—, le dijo ella luciendo espectacular, ni siquiera Apolo notó su profunda y punzante cortada, pues su atención estaba completamente desviada hacia ella.

—*Así que creíste que podías dejarme para irte con esa mujerzuela y al final, ¿qué? ¿Regresar a casa? Jajajaja*—, Lilly hablaba en tono sarcástico mientras movía su cadera de lado a lado seductoramente.

Apolo no entendía nada al principio, pero, al darse cuenta de que estaba amarrado, sacó un pequeño cuchillo que guardaba en su muñequera y comenzó a cortar las cuerdas en silencio, sin que la pobre Lilly se diera cuenta. Al principio ella no recordaba bien el hechizo, lo cual le dio ventaja al canalla, pero aún así continuó el ritual.

No podía ser mejor, el momento era tal y como se lo había imaginado, la venganza era dulce y el hechizo estaba casi listo. Ella lo recitaba, cuando de pronto paró de hablar, había un machete atravesando su torso. Ustedes se podrán imaginar la amargura de ella al verlo traicionarla una vez más. Era inconcebible que aquel cerdo le continuara haciendo tanto daño, después de todas sus infidelidades—, dijo Lillith con la voz quebrada y los ojos llorosos—. Así que volteó para mirarlo una última vez y con gran dolor en sus entrañas, prácticamente moribunda, terminó el hechizo. Tomó el machete y con un grito se lo arrancó del vientre, la herida estaba ahí, sin embargo no sangraba más.

Apolo estaba asustado, Lilly se acercaba hacia él furiosa. Pensó en correr, pero ella lo sujetó por el cuello, lo levantó con una sola mano y lo miró unos instantes con desprecio antes de morderlo. Bebió su exquisita sangre y, cuando lo liberó, observó cómo ya no era un muchacho, sino un triste anciano. De pronto ya no se sentía enojada, por el contrario, se sentía...—, entonces Lillith sonrió—. Se sentía grandiosa. Se veía más hermosa que nunca, su pelo más rojo que antes, con más brillo y sedosidad. Estaba extasiada, fue en ese momento que vio a la entrometida. Escondida entre los arbustos, odiosa como toda su raza. Por supuesto que aquella maldita intentó escapar. Lilly apenas conocía el alcance de sus poderes y al divino hombre sombra. Primero lo vio materializarse frente a ella, glorioso e imponente, impulsado por los deseos de ella. Extasiada, vio cómo se dirigía hacia la entrometida y la atrapaba en un abrir y cerrar de ojos. En ese momento supo que si deseaba su muerte la obtendría, pero no era eso lo que quería, quería mantenerla con vida, en caso de algún día necesitarla.

—¿Cuál hechizo?—, le preguntó Elros.

—¿Crees que soy tonta? Si te lo dijera tendría que matarte—, sonrió Lillith.

—Como mataste a Magda—, afirmó Cora con tristeza en su voz, recordando la historia de la misteriosa desaparición de la hermana de Kaia.

—¡Bravo ceviche! La única que sabía cómo detenerme—, le contestó Lillith muy contenta.

—¡Y con ustedes! ¡La grandiosa Lilly!—, hizo una reverencia—. Lo demás de la historia es obvio, ¿no lo creen? Logré echarle la culpa a Apolo de mis fechorías; sin ningún testigo, naturalmente, me fue muy fácil hacerlo, incluso fingir mi muerte y hacerle creer a la gente que Apolo me había asesinado.

Nadie podía creerlo, era un plan maestro. Todo ese tiempo tantas aldeas temerosas de Apolo, cuando en realidad debían haber estado buscando a Lilly, el verdadero monstruo.

—Pero no lo entiendo, ¿porqué piensas que la sangre de Cora te ayudará a sanar?— Preguntó furioso Ébano. —¿Qué tal que no lo hace? ¿Qué tal que ya nadie puede ayudarte?

—Tengo garantía estúpido. ¿Crees que todo esto fue planeado sin ningún fundamento? Insolente, mejor dedícate a maldecir a alguien más, que para eso sí has resultado bueno. Todo mundo aquí conocía el gran árbol de laurel rodeado por aquel castillo vergonzoso, pero no todo mundo lo conoció cuando no lo rodeaba nada y permanecía libre en el campo. Una época donde nadie estaba completamente seguro del origen de aquel árbol, nadie excepto yo. Fueron tiempos obscuros para mí, tiempos malditos de desesperanza donde el mañana había sido reemplazado por un cruel destino. La maldición de los unicornios yacía sobre mí y me corroía la sangre. Necesitaba un milagro, necesitaba magia, así que acudí al único lugar donde la había visto suceder. Fui hasta Ámber y permanecí ahí durante mucho tiempo esperando y esperando, hasta que por fin un hermoso día el árbol habló. El gran árbol, para sorpresa de todos, comenzó a profetizar. Habló de mí, de mi maldición y de mi glorioso triunfo al final, yo no podía creerlo, jamás me había visto a mí misma tan importante, tan imponente. Dijo que había una cura para mí y que con ella yo lograría mi cometido, extinguir las razas mágicas y más importante, gobernar Tierra firme. Esta vez, ¡gobernarla para siempre!

—La cura era la sangre de una sirena—. Se respondió a si misma Cora con resignación.

—Así es—. Le contestó tajante Lillith por la interrupción—. El resto fue complicado. Ningúna sirena salía de Atlántida, me quebré la cabeza tratando de descifrar cómo salían, durante años me pregunté cómo hacerlas salir. Hasta que un día miré la ecuación de un ángulo diferente, no cómo salían, sino como entraban. Así fue como conocí tu historia Cora y cómo ésta se entrelazaba con la de Kaia. Era muy sencillo, Kaia te haría abandonar Atlántida.

Cora no podía creerlo, tenía sus grandes ojos bien abiertos, al igual que su boca. Todo esto, absolutamente todo, ella lo había planeado, sus libres decisiones, no habían sido tan libres como había pensado. Esa bruja la había chantajeado a abandonar su hogar para morir y torturar a sus amigos en el proceso, la odiaba, ¡la odiaba! Juró en su mente que incluso después de la muerte, por siempre la perseguiría hasta que algún día la consiguiera ver perecer.

—Pero ya fue suficiente plática, ¿no creen?

Entonces el hombre sombra apareció por detrás de Ébano, inmovilizándolo junto con los discípulos enfurecidos. Lillith, que se encontraba un poco ansiosa por los eventos, decidió actuar con mayor rapidez. Se colocó frente a Cora y, sujetando la daga y el cáliz, se dispuso a continuar con el ritual. Cora de pronto sintió la adrenalina correr por su cuerpo y supo que por fin había llegado el momento. Miró hacia el cielo y vio a las estrellas, quería admirarlas por última vez. Sintió el acecho de la muerte sobre ella y una ligera pena por abandonarlos a todos, sabiendo que les rompería el corazón con su muerte, el terror se apoderó de sus pensamientos. Pero así era el trato y ellos estarían bien después de esto, después de que todo acabara. Tomó aire dudosa de qué sentiría y oyó los gritos de sus amigos al sentir el golpe en su vientre. La daga la había penetrado. Sonrió hacia el cielo, agradeciendo por lo que había sido su vida, por los magníficos amigos que se le habían dado y se resignó a la muerte.

—¡Nooooooo!—, gritó Elros.

Cora pensó que la puñalada habría dolido mucho más que eso. Confundida, bajó sus ojos para despedirse una última vez de sus amados y vio a Lillith estática frente a ella. Su rostro estaba trastornado, algo andaba mal, entonces vio el pico que salía de su cuello. ¿Qué era eso? ¿Un hueso? No, estaba sangrando, era un pico de madera muy delgado. Cora miró hacia abajo y vio algo inesperado, la daga había sido intervenida, no llegaba directamente a ella, sino a Kaia, que se había puesto frente a ella y la daga había atravesado su pequeño cuerpo.

Lillith se apartó y Cora pudo ver que detrás de ella se encontraba Alysa balbuceando algo. Lillith, por primera vez asustada y ciertamente sorprendida, jaló la pequeña estaca que le atravesaba el cuello por detrás y la retiró lentamente. Pero ésta estaba bien clavada y su tembloroso esfuerzo delataba el gran dolor que estaba sintiendo. Al sacarla, una fuente de sangre brotó de su cuello. Desesperada, Ivel colocó delante de sus ojos para ver exactamente con qué la habían lastimado; era uno de los palillos con los que Alysa ataba su pelo. Alysa, a pesar de que intentó esquivar el brote de sangre, un chorro accidentalmente logró empapar su cara y metérsele por la boca. Al beberla, la anciana creció en segundos, un abundante cabello oscuro emergió de su cabeza y una piel joven y tersa sustituyó la flacidez y las arrugas. Alysa regresaba a ser una adolescente, pero no sólo eso, sino que era más bonita de lo que alguna vez había sido, hasta parecía brillar de una manera encantadora. Ya rejuvenecida, era posible entender lo que balbuceaba y traumatizada, repetía una y otra vez con la mirada perdida:

—Haz que cuente, haz que cuente, haz que cuente, haz que cuente.

De pronto la sombra que sujetaba a los monjes y a Ébano comenzó a emitir un chirrido horrible mientras temblaba hasta extinguirse. La sangre continuaba chorreando del cuello de Lillith que, así como Alysa había cambiado, ahora ella comenzaba a transformarse. Su piel se avejentó con toscas arrugas que le cruzaban el rostro. Sus ojos enrojecieron y de la nariz y las orejas le brotaron enormes pelos. Su brillante cabello rojizo se tornó gris para posteriormente caerse por completo, dejándola calva y con la cabeza llena de ampollas. Todos estaban en shock, pero eso no era todo, sus firmes pechos se colgaron y se le marcaron los huesos. La columna, los dedos, los brazos, el cuello y las piernas se alargaron, haciéndose cada hueso muy prominente.

Cora sujetó a su añorada amiga Kaia sobre sus manos, a pesar de que había retirado la daga, la herida era demasiado grande para su pequeño cuerpo, no sobreviviría.

—Viniste—, sonrió Kaia moribunda.

—Siempre—, contestó Cora y con un terrible dolor vio a su hadita irse lejos de este mundo.

La sujetó contra su corazón y se hundió en la pecera hasta donde las cadenas le permitieron. Intentó llorar pero daba lo mismo, bajo el agua las lágrimas eran en vano. Comenzó a sollozar, sintiendo el frágil cuerpecito de su querida amiga inerte. Su corazón se rompía, le había fallado, todo lo que había hecho había sido en vano. Entonces sintió la amargura de la pérdida, el hueco en el estómago, el hueco en el pecho, el hueco en todos lados, el simple vacío, la falta de aliento, el silencio absoluto sobre el caos. El trato se había roto. El agua cambió de transparente a turbia y rojiza, Cora sintió cómo se filtraba la sangre por sus branquias y sintió cómo su naturaleza la llamaba, cómo cambiaba su amargura en ira y cómo la transformaba en su especialidad: Una cazadora.

Lillith, ahora monstruosa y escalofriante, se dirigió hacia Alysa y la alzó con un sólo brazo.

—¿Qué me has hecho maldita? ¿Qué era eso?—, le preguntó Lillith.

—¡Madera del gran árbol de laurel! ¡La sangre de Daphne, PERRA!—, contestó Alysa satisfecha desde donde la levantaba.

Lillith, desquiciada, comenzó a estrangularla, pero de pronto Cora, convertida en una fiera, saltó de la pecera hasta la espalda de Lillith; en segundos había deshecho sus cadenas. Igual que el monstruo, la sirena había perdido su hermosura, ya no era humana, era un animal cazando a su presa. Los músculos brotaban de su cuerpo, sus uñas se habían convertido en garras y su cola se enredaba sobre su presa como serpiente. La boca se le alargó, mostrando tres terribles hileras de dientes puntiagudos dispuestos a morder sin piedad a Lillith.

Elros, siendo el más inteligente, alzó rápidamente el cáliz y lo llenó con un poco de sangre que recogió del suelo. Aprovechando la pelea, llevó el cáliz a la anciana Alexa y le dio a beber.

Cora estaba imparable, incrustó los dientes en el cuello de Lillith y ésta soltó un grito terrible. El monstruo la tomó del pelo, tratando de arrancársela para aventarla lejos, pero la cola de la sirena seguía enredada alrededor de ella. Cora le clavó sus nuevas garras y le desgarró la piel. Adolorida, Lillith intentó agredirla clavándole sus largos dedos en la espalda, pero Cora no cedía. Finalmente, Lillith le golpeó la cabeza contra la pared y logró arrojarla lejos de ella.

Alexa, rejuvenecida, tomó conciencia de lo que estaba pasando y comenzó a gritarles a todos que salieran porque Cora estaba a punto de empeorar. Una vez en el suelo, comenzó a cambiar aún más; sus ojos crecieron y se tornaron blancos, las escamas que delimitaban su cadera subieron por todo su cuerpo, incluyendo su cabeza, su hermoso pelo desapareció y nuevas aletas le crecieron en la piel y en la cabeza, aletas muy filosas. Cora se había convertido en una bestia asesina.

Desde abajo, la gente miraban alarmados la sucesión de eventos. Los elfos sabían que ahora era el momento de actuar, era hora de terminar con esto. Anuk, elfo intrépido y guerrero, corrió a la catapulta y ordenó que arrojaran la última piedra que quedaba. Aegnor, sabiendo que inocentes se encontraban aún dentro, corrió a detener la orden.

—No puedes hacer esto Anuk. ¡Los matarás a todos!—, gritó Aegnor.

—¡Quítate de mi camino, Aegnor! No me quedaré esperando a que nos maten a todos—, le gritó Anuk mientras lo arrojaba al piso—. ¡Liberen!—, gritó y la última piedra salió volando hacia el castillo.

—¡Noooooo!—, gritó Antu demasiado tarde como para detenerla.

La piedra impactó los muros y el castillo quebró. Cora, enloquecida por la furia, gritó como nunca lo había hecho en su vida. El ruido era insoportable e iba en aumento. Todos salieron corriendo excepto Lillith, no porque no quisiera, sino porque Cora había logrado enredarle nuevamente la cola de serpiente sobre su larga pierna. El ruido era enloquecedor, las paredes temblaban y como todos se encontraban atontados por el escándalo, Alexa tuvo que ayudarlos a saltar del castillo hacia el agua. Ébano consideró regresar por Cora, pero no sabía que estaba a punto de descubrir qué tan poderosa podía ser la voz de una sirena. De pronto un mástil cayó sobre Alexa y Ébano intentó ayudarla, aunque quería taparse los oídos con todas sus fuerzas, sabía que debía sacarla de ahí pronto. Cuando por fin lo logró, estaba a punto de perder la conciencia, el sonar de Cora era agonizante. Todo ocurría en pocos segundos, sus oídos sangraban y Alexa lo arrastraba hacia el precipicio. Antes de que pudiera darse cuenta el agua cubría todo su cuerpo. Alexa lo había conseguido, siendo la única que podía genéticamente soportar el sonar de una sirena, había logrado aventar a todos al agua, incluyéndose a ella, lejos del ruido. Ahora debía jalar al unicornio a flote, puesto que permanecía inconsciente, para que recobrara poco a poco la vida. Entonces Ébano abrió los ojos, justo a tiempo para ver cómo se desmoronaba el castillo mientras alguien lo arrastraba hasta la orilla.

Alysa y Elros observaron aterrados la caída del Palacio, sabían que Cora aún se encontraba dentro. No lo podían creer, por segunda vez veían esto suceder y ésta vez dudaban que su amiga lograra salir con vida. Alexa, una vez que había llegado a la orilla, se dejó caer agotada sobre el pasto. Ébano no estaba seguro de si lo que veía era real o simplemente estaba soñando. De pronto sintió náuseas y comenzó a vomitar toda el agua que había tragado mezclada con un poco de sangre. Todos observaron las piedras perder su equilibrio y desmoronarse, pero nadie decía nada, todos pensaban lo mismo, Cora los había salvado, había sacrificado su vida por ellos. Alysa abrazó a Elros y comenzó a llorar, se sentía abrumada por todo lo que acababa de ocurrir. Entonces vieron a Antu correr hacia ellos, venía saltando alegre de verlos. Llegó hasta ellos y los abrazó, haciéndolos sentir culpables por haberlo abandonado.

—¡Qué show! ¿Cómo hicieron eso?—, les preguntó asombrado—. Oigan, ¿dónde está Cora? ¿Y Kaia?—, preguntó inocentemente, pero nadie contestó, se limitaron a observar las ruinas sin poder mirarlo a los ojos.

Entonces Antu giró para ver la demolición y dejó de respirar. Sus ojos, boca y poros se abrieron al sentir la muerte frente a él. Temeroso, no quiso volver a preguntar, pues sabía cuál era la respuesta; así que, junto con todos, se limitó a permanecer en silencio y observar los vestigios del castillo.

CAPÍTULO 19

OBSCURIDAD

E n cuanto recuperó el aliento, Ébano salió del agua y se dirigió
hacia la catapulta. Llegó hasta Anuk y Aegnor, que miraban
boquiabiertos las ruinas del Palacio, y les preguntó:

—¿Quién liberó la catapulta?

—Amigo, no hubo nada que pudiéramos hacer—, le dijo Aegnor.

—¿Quién?—, gritó Ébano.

—Yo di la orden—, dijo seguro de sí mismo Anuk—. No había
otra op...—, fue lo único que alcanzó a decir antes de que Ébano lo
arrojara al suelo de un golpe en la cara.

Enloquecido, se aventó sobre él sin piedad. Aegnor tuvo que
ponerse frente Anuk para que dejara de golpearlo. Se levantó e
intentó tragar saliva, pero su boca estaba completamente seca.
Se llevó la mano al cuello para sentir el collar que le había regalado
Corsa en Ámber y ya no estaba. Había perdido lo único que tenía
de él o ella, se le llenaron sus ojos de lágrimas y con un nudo en la
garganta se tomó un momento para respirar. No había aire en sus
pulmones, por más que intentaba aspirarlo, éste no entraba.

No se podía dar por vencido tan fácilmente. Jaló aire con todas
sus fuerzas y se limpió las lágrimas. Decidido a negar la muerte de
Cora, comenzó a buscar bajo la noche. Convocó a mucha gente y

varias personas optaron por ayudarle. Movía escombros, se cortaba con restos filosos. Algunos monjes que habían logrado escapar lo ayudaban; Ébano sentía tanta gratitud que ni siquiera le importaba el olor que despedían. Alysa, Elros, Antu, Alexa, Evan, cinco monjes sobrevivientes, Aegnor, otros elfos y varios humanos se dedicaron a buscar. Ébano era el más desesperado, no paraba ni un segundo a descansar; jadeaba de cansancio, pero seguía levantando y aventando piedras. La búsqueda comenzó llena de expectativas, Ivel había acertado, eran el club de los optimistas. Todos creían que la encontrarían con vida, pero conforme encontraban restos humanos la desmotivación crecía. La luna llena alumbraba los restos con claridad, pero la noche fría y despiadada machacaba sus ilusiones. Uno a uno se fueron retirando a descansar, pues la guerra había durado varios días y todos estaban agotados. Al final sólo permanecían sus amigos cercanos que pronto se hallaron solos en la desesperanza. Así, atormentados y adoloridos, se retiraron para lidiar con la muerte de su gran amiga. Todos sabían que la búsqueda era inútil. Finalmente Ébano se quedó buscando completamente solo, sintiendo cómo su corazón quería salírsele del pecho.

Mientras tanto, en la oscuridad, Cora se preguntó si estaba muerta. No escuchaba nada, no veía nada, no sentía nada. Su cuerpo se movía muy lentamente y podía sentir que estaba sumergida bajo un agua muy oscura, pero sobre todo espesa. Su pelo se deslizaba con lentitud en aquel espacio y tenía la sensación de que de él brotaban mariposas. No estaba respirando, tampoco podía hablar, ¿qué estaba sucediendo? En realidad ya no tenía importancia. Cora se percató pronto de cuánta paz sentía y se dejó seducir por esa sensación de calidez. Lentamente su cuerpo flotó hacia la superficie, haciéndose el agua cada vez menos espesa. De pronto vio la luz abrirse paso en aquella obscuridad, la llamaba desde afuera, tan sólo tenía que salir del agua y estaría ahí. Levantó su mano hacia la luz y vio el borde del agua, estaba a tan sólo unos metros de la superficie, de elevarse en esa sensación, en esa materia divina que le cantaba con su propia voz. Sintió cómo su corazón se llenaba de gozo y se dispuso a salir, a ausentarse y disolverse en el resplandor, cuando de pronto oyó desde el fondo del oscuro océano un ruido, un sonido ajeno a ese lugar.

—¡Cooora!

Abrió los ojos, ya no se encontraba en ese océano de paz, alguien había pronunciado su nombre y la había traído de vuelta a la oscuridad. Estaba congelándose, sentía mucho miedo. No veía nada, tampoco podía moverse; piedras muy pesadas la apretaban y la asfixiaban. No podía respirar; quiso gritar y se dio cuenta de que sólo un gemido salía de su boca. Había algo apretando su pecho, metió su mano con dificultad y sintió que no era una piedra, sino un cristal el que le atravesaba el pecho, impidiéndole hablar.

—¡Coooora!—, continuó gritando Ébano, pero el sonido de su voz estaba muy lejos de poder ser escuchado por ella; sin embargo, no detuvo su búsqueda y continuó escarbando solo y desesperado.

Mientras tanto Cora luchaba por su vida; todo el cuerpo le dolía y no podía dejar de temblar, lastimándose aún más con las piedras. Pensó en mantenerse calmada y esperar a su rescate, pero cada minuto que transcurría ahí atrapada parecía una eternidad. Poco a poco se dejó apresar por el pánico. Como no podía gritar, lo único que le quedaba era llorar, así que lloró por horas, sus ojos se hincharon pero como no se podía secar las lágrimas, incluso ellas comenzaron a lastimarla.

Con la piel irritada, los huesos fracturados y el cristal encajado en su pecho, Cora empezó a alucinar que la rescataban, pero en realidad nadie venía por ella. La habían abandonado. Decidió que no podía resistir más el dolor, perder la conciencia era lo único que le quedaba, así que optó por hundirse en un pesado sueño del que nunca despertaría. De pronto estaba de vuelta en ese océano placentero, sin sentir dolor alguno, sólo paz y tranquilidad absoluta. Fue entonces cuando su cuerpo subió lentamente hacia la superficie y flotó sobre el agua con los brazos abiertos en forma de cruz y el pelo apuntando hacia la luz. Cora vio con claridad las mariposas que se desprendían de su pelo y subían hacia el resplandor. Respiró hondo y fue como si nunca antes hubiera respirado. Ahí estaba ella, atrapada entre dos mundos, la luz la llamaba cantando, mientras que el océano oscuro la sostenía. Sintió una enorme felicidad y dejó que el aire la cargara, pero de pronto escuchó de nuevo aquel sonido familiar. Se dejó caer sobre el agua una vez más y esperó.

—¡Cooooooraaaaa!

No podía irse, aún no. Se sumergió y comenzó a nadar hacia el fondo, cada vez con mayor dificultad, pues el agua se hacía más espesa cada vez que avanzaba.

—¡Cooooooraaaaaa!

Cora abrió los ojos, estaba de nuevo en aquella prisión de piedras, pero esta vez estaba despierta y escuchó claramente:

—¡Coooooraaaaa!

La estaban llamando, tenía que hacerles saber de alguna manera que estaba ahí, pero cómo lo haría si no podía hablar siquiera. Estaba muy cansada, tal vez era hora de despedirse, entonces se percató de que tenía algo agarrado en su mano. Lo frotó contra su pierna y sintió el suave roce de semillas, era el collar que le había regalado a Ébano. Por él, pensó ella. Debía aprovechar la oportunidad, si volvía a perder la conciencia, no la encontrarían con vida cuando la hallaran. Ahora o nunca, pensó y levantó su mano rota hasta su pecho, llorando de dolor. Tomó el cristal que se encontraba atravesándola y, con las pocas fuerzas que le quedaban, lo jaló hacia fuera, sintiendo una fuerte punzada de dolor, permitiéndole así gritar a todo pulmón. La herida se llenó de sangre y su voz se partió al instante. Había llegado su fin pensó, pero de pronto su prisión no parecía tan oscura. Por un instante logró ver un rayo de luz y después muchos más. La piedra que tenía sobre la cara se levantó de milagro, dejando entrar la luz de la mañana. ¡Era él! La había encontrado. Ébano escarbaba con desesperación mientras pedía ayuda a gritos. Cuando por fin pudo liberarla, la cargó hacia él y la abrazó con más fuerza de la necesaria, lo que provocó que Cora soltara un par de lágrimas de dolor.

—Au—, le susurró ella al oído.

—Lo siento—, dijo él mirándola a los ojos.

—Sabía que vendrías—, le susurró ella con una cansada sonrisa.

—Jamás te abandonaría—, contestó Ébano, antes de llevarla a la orilla para que le trataran las heridas.

El sol salía por las montañas, nadie podía creer lo que estaban viendo: Ébano nadaba hacia ellos cargando a Cora sobre sus brazos. Estaba cubierta de moretones y empapada en sangre, pero lo más soprendente, aún respiraba.

—¡No la saques del agua!—, gritó Alexa asustada.

Ébano permaneció donde estaba.

—Es una sirena, su cuerpo sanará mejor bajo el agua, pero necesitamos un doctor urgentemente—. Terminó ella de decir.

Los monjes sobrevivientes se metieron al agua y le quitaron a Cora de los brazos. Él no sabía qué hacer, por lo que decidió que era mejor dejarlos ayudarle. De inmediato comenzaron a tratar la herida principal, que era la del pecho. Con mucha presión detuvieron la hemorragia, mientras uno de ellos se cortaba la muñeca con una navaja. Nadie entendía lo qué hacían. De pronto uno de ellos empezó a chorrear sangre sobre las heridas de la sirena inconsciente. La sangre era color azul y al hacer contacto con la piel de Cora expiraba un humo misterioso que detenía la hemorragia. Los monjes estaban cicatrizando las heridas con su propia sangre.

—¿Qué están haciendo? ¿Cómo hicieron eso?—, preguntó Alysa escéptica.

—Quemamos las heridas. Nuestra sangre es ácida—, contestó uno de ellos con una voz siniestra.

Cora ya no sangraba más, pero su aspecto era como el de un fantasma; la sirena se desvanecía, su piel era pálida y, a pesar de todos los esfuerzos, no parecía que fuera a sobrevivir. Entonces oyeron lo que todos pensaban, pero que nadie se atrevía a decir.

—No sobrevivirá. Su cuerpo ha perdido demasiada sangre—, dijo Aegnor con una profunda nostalgia.

—Denle mi sangre—, dijo Ébano de inmediato.

—Amigo unicornio, no se puede hacer eso así como así. Se requieren herramientas, checar que el tipo de sangre sea el mismo, estudios, muchas cosas que requieren tiempo y tiempo es lo que a ella ya no le queda más—, le respondió tristemente el elfo.

—A decir verdad, lo que dice Ébano hace sentido, pero no como ustedes piensan—, dijo Alexa. Todos sentían la gravedad de los segundos pasar desapercibidos—. Las sirenas nos regeneramos a través de lo que comemos, denle sangre de beber y su cuerpo generará sangre—, terminó Alexa de decirles a todos.

Sin pensarlo dos veces, Ébano le quitó la navaja al monje y se hizo una profunda cortada en el bazo izquierdo; incorporó la cabeza de Cora y le abrió la delicada boca, dejando caer su sangre dentro de ésta. Ansioso, confiaba en que el plan funcionaría, que la abundante sangre de él lograría pasar por su garganta y que ésta lograría su recuperación.

—Ya sólo queda esperar—, dijo Alexa ansiosa.

CAPÍTULO 20

UN NUEVO AMANECER

Cora abrió los ojos, ya no estaba en el agua como antes, se encontraba en una camilla dentro de una habitación de muros de tela, al parecer se encontraba en una enfermería provisional. Miró a su alrededor y vio que Ébano estaba dormido en una silla con la cabeza hacia atrás y la boca abierta. Cora sonrió, se veía muy gracioso, aunque su brazo se encontraba vendado y manchado por lo que parecía ser sangre seca. Se miró a sí misma y vio que su pierna y su brazo se encontraban elevados y amarrados con tablas. Todo lo demás en su cuerpo se veía normal. Levantó la cobija que la abrigaba para verse el pecho, ya sólo había una pequeña cicatriz rosa donde alguna vez había tenido un cristal incrustado. Analizó el resto de su piel y, aunque los moretones seguían ahí, ya no eran morados, sino verde claro, y muchos que no había alcanzado a ver ya ni siquiera estaban. Había pasado una semana dormida, dedicando toda su energía a sanar y finalmente había logrado despertar. Ahora que recobraba conciencia, su cuerpo rugía de hambre, sólo habían logrado darle un poco de consomé y agua porque les daba miedo que se atragantara.

Se quitó las cuerdas que sujetaban su pie y se paró, tratando de no hacer ruido para no despertar a Ébano. Cojeó cuidadosamente hasta la salida y sintió cómo el sol bañaba su piel, la sensación era divina; entonces una mano la tomó por la cintura y la abrazó hacia su torso. No tenía que girar para ver quién era, pues la electricidad que sentía con el roce de esa piel era inconfundible.

—Buenos días, sirena—, le dijo al oído Ébano.

—Buenos días, unicornio—, contestó ella con una sonrisa enorme.

Los días pasaron y la recuperación de Cora fue milagrosa. Una vez al día se metía al agua sin las tablas en la pierna y su cuerpo sanaba de maravilla, hasta que llegó el día en que ya no tuvo que usar nada. Su piel sanó, sus huesos se reestructuraron y sus heridas cicatrizaron, toda ella brillaba al punto de no tener ningún tipo de daño físico. Al igual que Cora, Askar también sanó. Poco a poco llegaron sus habitantes y ayudaron a limpiar los escombros, hasta que todo el reino logró verse como era antes. Lo mismo ocurrió con el Bosque encantado, un día creció una plantita en medio del desierto y a los pocos días, todo comenzó a verse verde. Los días mejoraron y la tristeza de la gente se fue disipando hasta que oyeron la gran noticia. Todos, incluyendo los foráneos, se juntaron para oír el anunciamiento.

Alysa se veía en el espejo, estaba algo nerviosa, pero Cora le aseguraba que todo saldría bien. Ambas vestían de largo, Cora un vestido verde olivo, sencillo, recto de arriba, de hombro a hombro con amarres que desnudaban su clavícula y su sensual espalda hasta el coxis. Por delante, la blusa era holgada hasta la cintura y se sujetaba con un listón negro de terciopelo amarrado hacia atrás. La falda era ajustada hasta la cadera y luego caía con mucho vuelo. Finalmente, el pelo lo traía agarrado elegantemente en una trenza francesa hacia atrás.

Alysa lucía un hermoso vestido blanco como le gustaba, halter de schiffon de seda, ceñido al busto y la falda suelta con mucho vuelo desde la cintura, con una abertura adelante y otra atrás. El ruedo iba elegantemente bordado con motivos de enredaderas en hilos de plata, éstos subían hacia su cintura acumulándose el exceso hasta abajo. La división del busto con la falda la cubría un elegante cinturón de cristales trenzados de manera mágica, pues había sido un regalo de las hadas. Éste caía hasta el suelo y de sus extremos surgían finos hilos de plata que colgaban a su vez. Aún no se peinaba, pues tenía la cabeza llena de tubos. Pensó que no quería verse chaparra en un día como éste, por lo que se había puesto unos hermosos zapatos de plata con cristales bordados. Estos la levantaban y cambiaban toda su postura. Cora, siguiendo los consejos de Alysa, también se había puesto unos tacones que le había prestado Alysa. Estos eran de terciopelo negro muy bonitos y la hacían ver gloriosa con tanta altura. Estaban casi listas. Alysa se soltó los tubos y comenzó a despeinarlos, se veía preciosa, como una verdadera princesa.

—Alysa hay algo que me gustaría platicar contigo—, dijo Cora apenada—. Es acerca de mi regalo de bodas—, continuó ella. Alysa la miró con curiosidad—. He estado guardando una botella de vino para este día y me gustaría brindar contigo.

Cora se paró, tratando de disimular sus nervios y se dirigió al cuarto siguiente por la botella. Al llegar, cerró la puerta con seguro por si Alysa intentaba entrar y se dirigió hacia las copas de plata que tenía listas sobre el tocador. Miró la copa con los rubíes rojos y esperó que su plan funcionara. Sacó debajo del mantel una aguja y con cuidado se pinchó el muslo para que nadie notara la herida. La sangre era muy poca, por lo que tuvo que pincharse más fuerte y exprimirla sobre la copa de Lillith. Nerviosa, se bajó el vestido, tomó el vino y se lo llevó con todo y las copas al cuarto de Alysa.

Alysa esperaba emocionada su regalo. Cora dejó las copas encima de la cómoda y abrió la botella frente a ella; sirvió primero la copa ensangrentada, antes de que Alysa notara algo y luego sirvió la otra.

—Cora, ¡es el mejor regalo! Necesitaba un trago antes de salir ante toda esa multitud.

Cora sonrió tranquila por no haber sido descubierta y le dio su copa a Alysa. Instantáneamente, al beber el primer trago, Cora vio cómo las pupilas de Alysa se dilataban y en segundos se volvía aún más bella. Su piel brillaba, su pelo se había vuelto extremadamente sedoso y toda ella parecía irradiar sensualidad.

—Cora, ¡creo que éste es el mejor vino que he probado! Me siento de maravilla—, dijo Alysa, y ambas rieron a carcajadas mientras se terminaban el resto de la botella.

Cora no estaba segura de si funcionaría, pero si tenía suerte y todo lo que había dicho Lillith acerca de su sangre era cierto, entonces Alysa viviría muchos más años de los que tenía pronosticados.

—Sabes—, dijo Alysa con tristeza—, es una pena lo de la Leukemia. Me hubiera encantado vivir más contigo, siento que no tuve la oportunidad de disfrutarte en tu regreso.

—Tengo el presentimiento de que podrás hacerlo—, le dijo Cora alentadoramente.

Alysa la miró detenidamente y notó la manchita de sangre en su vestido. Giró su copa y notó que aquellos rubíes se le hacían conocidos. Al principio no le dio importancia a estos detalles, pero unos años después lo haría.

—¿Qué pasó con Lillith?—, preguntó por primera vez Cora.

—Nada—, mintió Alysa—, la encontraron hecha pedazos—, continuó ella, tratando de ser convincente.

—¡Qué tranquilidad! Alysa, ¿cómo le hiciste para detenerla? ¿Qué fue lo qué hiciste exactamente?—, le preguntó Cora llena de curiosidad.

—Pues no fui yo en realidad. Cuando estaba sentada viendo el espectáculo con la esperanza por los suelos, llegó Kaia y se ocultó entre mis cabellos. No sé cómo llegó hasta mí, pero ahí estaba ella y fue ella quien me dijo cómo detenerla. Me dijo que la única manera de quitarle sus poderes era hiriéndola con madera del gran árbol de laurel.

—¿Y de dónde sacaste esa madera? Hace mucho que está prohibido tener acceso a ella—, le preguntó Cora confundida.

Alysa se paró y sacó de un cajón de la cómoda una caja de cristal.

—Gracias a éstos. Algún día serán tuyos, el día que yo muera, quiero que vengas aquí y te lleves esta caja.

Alysa la abrió y Cora vio que dentro se encontraban los palillos de madera que siempre usaba para peinarse.

—Esos palillos, ¿están hechos de la madera del árbol de laurel?—, se sorprendió Cora—. Vaya, eso sí que es una increíble coincidencia.

—No lo creo Cora, nada de esto ha resultado ser una coincidencia—, le contestó Alysa.

—Bueno, pues vamos que llegaremos tarde—, dijo Cora aproximándose a la salida.

—Adelántate, hay algo que quiero hacer antes—, dijo Alysa sonriendo.

Una vez sola, sacó un papel y una pluma entintada. Debo escribirlo todo antes de que muera, pensó Alysa. Cora necesita saber la verdad, no puedo arriesgarme a que algún día resurja Lillith. Entonces escribió todo lo que Kaia le dijo esa noche antes de morir:

"El gran árbol de laurel no siempre fue un árbol, éste alguna vez fue una mujer, una ninfa para ser precisa. Esta ninfa de la que te hablo se llamaba Daphne y fue la causante de que Apolo traicionara a Lillith. Daphne, indefensa ante el acoso, recurrió a los Dioses haciendo un hechizo para liberarse de él. Fue así como se convirtió en el querido árbol, epicentro de Ámber.

El día que por fin llevó a cabo el hechizo y logró su transformación, no estaba sola, Lillith la observaba detenidamente, aprendiendo su movida. El hechizo del que nos habló Lillith fue este mismo que hizo Daphne, sólo que estaba invertido. Masticó un trozo de la madera de Daphne y lo mezcló con sangre suya repitiendo treinta y cinco veces el hechizo. Esto es lo que recitó:

Padre, madre, con mi sangre y tu sangre me envuelvo y te ruego que vuelvas tu carne en mi carne, para volverte más mío y yo menos tuya.

Cora, ten cuidado, Lillith no murió del todo y existe la posibilidad de que algún día resurja. Tienes que estar preparada, Cora, tienes que estarlo."

Alysa terminó de escribir y guardó la carta en la caja.

Caminó hasta alcanzar a Cora, que la estaba esperando frente al pasillo hecho con flores y, por primera vez, Alysa comprendió la importancia de lo que estaba sucediendo. ¡Se estaba casando!

—Cora, estoy muy nerviosa, aún no estoy lista—, dijo Alysa mientras comenzaba a cantar el coro, seguido por violines y flautas.

—Alysa, si hay alguien que está lista para esto, eres tú. ¡Créeme!—, le dijo Cora tomando su mano para tranquilizarla.

Alysa sonrió y recordó a Aria, "Haz que cuente" le había dicho antes de morir y eso es justo lo que iba a hacer. Cada instante contaría, era una promesa que jamás podría romper. Asintió con la cabeza y giró para mirar a la multitud. En el fondo estaba su querido y tierno Elros, vestido elegantemente de verde menta, listo para esposarla. Ahora sí que lo estaba, estaba lista. Entonces comenzó a caminar hacia el altar, tomada de la mano de su mejor amiga y hermana.

Fue una misa hermosa, todo estaba decorado con flores blancas y lilas. De los árboles caían enredaderas de flores blancas y la música era encantadora, incluso Cora se unió al coro, atontando a todos los invitados. Todos presenciaban respetuosamente la ceremonia, bueno todos excepto Antu, que lloraba desvergonzado, mientras que Cora lo pateaba discretamente para que no hiciera tanto ruido. Se limitaba a patearlo, puesto que si lo volteaba a ver para detenerlo comenzaba a reir, ¡dios mío que pena! Pensaba Cora tragándose la risa.

Terminada la ceremonia, Alysa y Elros fueron coronados por los jefes supremos elfos como se esperaba. Ambos habían sido elegidos para dirigir al pueblo: Elros y Alysa, princesa heredera al trono de Askar. Cora y Antu no podían parar de llorar de la emoción.

Una vez que cesaron los aplausos Alysa comenzó a hablar ante todos:

—Ciudadanos de Askar, ciudadanos de Ámber y demás invitados, estamos aquí reunidos para iniciar una nueva era, una era sin guerras entre razas, ya sean mágicas o humanas. Con la nueva unión ante Dios de mi esposo y yo, estamos aquí para unirnos como hermanos y comenzar un nuevo reino donde los elfos y los humanos se tomen por igual y donde cualquier criatura que nos visite sea tratada con cordialidad. Bienvenidos a *Ambkar*, un nuevo Reino, donde construiremos una ciudad más sabia que Ámber y más gloriosa que Askar. Y ahora, ¡a disfrutar de la boda! Invitamos a todos a nuestra bendecida celebración.

Todos gritaron de emoción y fueron a la fiesta, excepto Cora y Ébano que planeaban hacer algo antes de celebrar. Caminaron lejos de la multitud entre los árboles hasta llegar a un lugar hermoso, digno de ser un santuario. Cora sacó el cuerpo marchito de Kaia, que había escondido dentro de su vestido, y le lloró un rato. Su cuerpo se veía como una flor cuando se seca al sol y se quiebra con cualquier cosa haciéndose polvo. Ébano cavó un hoyo pequeño donde la enterraron. Decidieron hacerlo a solas para no estropear el momento de Alysa y Elros, además apenas había encontrado Cora el cuerpo un día antes, mientras limpiaba las pocas rocas que quedaban en el pasto.

—Cora, nunca te lo pregunté. ¿Cómo es que sabías que Kaia se encontraba en problemas? No entiendo la conexión entre ustedes—, le dijo Ébano.

—Ébano, hay muchas cosas que no te he contado aún, pero si quieres entender eso, tengo que confesarte que no siempre fui una sirena. Siempre había sido mi sueño, pero parecía imposible serlo, hasta que Kaia me enseñó cómo. Me llevó a las aguas ácidas, donde tu cuerpo se derrite y te conviertes en una de ellas, pero no es tan fácil como suena. Que tu cuerpo se derrita duele más de lo que jamás podrías imaginar y es necesario un ingrediente especial para poder sobrevivir las aguas y finalizar la transformación—, le contó Cora mirando nostálgica hacia la tumba.

—¿Y qué ingrediente es ése?—, le preguntó ansioso Ébano.

—El corazón de un hada—, respondió ella en voz baja—. Kaia me dio un pedazo de su corazón para que yo pudiera sobrevivir aquellas aguas. Es por eso que ambas sentíamos lo que la otra sentía—. Cora se levantó sin dejar de mirar la tumba—. Kaia jamás morirá del todo, no mientras yo viva y su corazón lata junto al mío—. Siempre—, finalmente susurró Cora hacia la tumba y sonrió, agradeciéndole a Kaia el haberla traído de regreso a tierra firme, a su verdadero hogar.

Algún día podría regresar al mar y sentir sus olas bajo la piel, pero ese día estaba muy lejos, Cora ya no regresaría a Atlántida. Se levantó sintiendo paz en su corazón y se fueron en dirección hacia la fiesta. Pero antes de llegar Cora tuvo una gran idea.

—¡Qué dices de nadar con una sirena!—, le gritó a Ébano y comenzó a quitarse el vestido y soltarse la trenza.

Ébano tartamudeó nervioso de verla desnuda y le dijo:

—Pero no podemos nadar, debemos ir a la fiesta—, dijo.

Pero Cora corrió hacia el lago y se sumergió en él. Ébano la persiguió, se quitó la ropa y se metió al agua. Una vez adentro comenzó a perseguirla y ella nadaba muy lento de manera que él pudiera alcanzarla. Ébano la abrazaba y la apretaba jugando. Ella reía a carcajadas y le pegaba suavemente, hasta que él la tomó con fuerza e inesperadamente comenzó a besarla. Después de tanto tiempo, por fin se hundían en el agua, sintiendo sus dulces labios resbalarse. Cora sintió cómo se rendía ante él, sus poros se abrían y cientos de mariposas revoloteaban dentro de su estómago. Ébano sintió escalofríos calientes y una química adictiva, pues sin darse cuenta, estuvieron besándose durante más de diez minutos bajo el agua, tocándose y sintiendo más allá de sus cuerpos. La esencia de uno se fundió con la del otro convirtiéndose en uno solo, en una pasión desenfrenada, en lo que por fin conocían como amor.

Fue así como comenzó una nueva era donde las razas podían estar juntas, donde el amor prevalecía y el odio se enterraba, donde una semilla daba frutos justo arriba de la tumba de Kaia y donde metros y metros bajo tierra se encontraba la tumba de Lillith. Ya no era hermosa como lo había sido, ahora era un monstruo huesudo y moribundo con una daga que le atravesaba el pecho, pero no estaba muerta por completo, pues aquel híbrido no podía morir. Lo único que le quedaba era vivir encerrada por el resto de la eternidad, sintiendo el odio corroerla y los bichos masticar su podrido cuerpo.

SOBRE EL AUTOR

Juan Ignacio nace en México y es miembro de una hermosa familia de amorosos padres y dos hermanas bellísimas. Su instinto creativo nace desde muy pequeño al crear mundos imaginarios provocados por una infancia solitaria. Al crecer conoce el Dibujo y la Literatura y se enamora de estas artes. Comienza a escribir sus propios cuentos ilustrados desde los cinco años y tiene una obsession con dibujar sirenas. A todo este comportamiento se lo reprochan como reprobable y afirman que se irá al convertirse en adolescente. Sin embargo, el Dibujo y la Literatura no lo dejan en paz y decide llevarlos a otro nivel: Se convierte en diseñador y nunca deja la escritura. Finalmente, al terminar sus estudios de diseño, logra crear su primera novela formal gracias a sus amigos que le proporcionan personajes con los cuales puede crear sus historias. Crea la historia: Cora de regreso en tierra firme, de camino de un jardín surrealista y logra culminarse en esta obra. Así nace esta nueva pasión que lo lleva a plasmar los mundos alternos que todo el tiempo lleva en su cabeza.